耶路撒冷
的　夏天

林小颜 —————— 著

自序

一直是个异乡人，因此也会敏感地认为自己是只一直在流浪的怪物。不同的语言，口音，思维，穿着，一层层叠加在身上。好在这世界很大，还容得下我。索性就再多学些语言，多去些地方。这本书断断续续写了五六年，写完后真的很开心，这些年没白活，虽然世界乱哄哄的。祝好。

目　录

Contents

第一篇　　到达

许多年以后，当雪黎在异乡的街角回想起她初到耶路撒冷的那个夏日，她一定会记起那一瞬间空气的炽热与石头的沉默。那座城市仿佛从亘古以来就注定要让人疯狂，就像那句流传于耶路撒冷的名言"在耶路撒冷随便扔一块石头，总会砸到一处圣地，或者一个疯子。"

--写在前面

终于到达传说中流淌着牛奶与蜂蜜的圣地 - 耶路撒冷。耶路撒冷的夏天一点也不冷。雪黎双手抱起沉重的行李箱，一步步走到前台，准备办理入住。前台工作人员面带职业微笑，随口问她从哪儿来。

"加州。"雪黎答。

"加州啊，"他笑了笑，"我十年前去过洛杉矶。那边的女人都喜欢做拉皮手术。"

一位穿着笔挺西装、外表亮眼的女工作人员走了过来，利落地接过她手中的行李，俯身一拉，挑眉问道："这么重？里面装的是……尸体吗？"

耶路撒冷，公元三十三年的那个逾越节，耶稣和希律·安提帕斯几乎同时到达这里。耶稣带领着一群人前往橄榄山上的伯大尼，从那，可以看见圣殿山上闪闪发光的雪。他又派使徒进了城，使徒带回一头驴，并预言说，弥赛亚将骑驴进入这座城市。当耶稣走近时，他的信徒们为他沿途铺下棕榈树叶，称他为"大卫之子""以色列的王"。

进了房间，雪黎随手打开电视，转身便倒在床上沉沉睡去，时差无情，第二天醒来已是正午。微信疯狂提示："还活着？"迪生发来的短信。迪生是雪黎最好的朋友，曾说耶路撒冷是他最想去的地方，也约好和她先一起去耶路撒冷，再去埃及旅行。可惜临时有事，得两个月后才能从加州赶来，于是雪黎决定独自来耶路撒冷。

为什么真的一定要来耶路撒冷？她也无法解释，只说不得不。就像《月亮与六便士》里写的"我必须画画，正如溺水的人必须挣扎"。还有一种说法，说有些人诞生在一个地方，但那并不是她／他的根，只是机缘把他们随便抛掷到虚空中，出生起，就会一直思念一处自己也不知坐落于何处的家乡，一生都在做着香客，寻找一所不存在的神庙。

起床洗漱，换上蓝色长裙，去吃早餐。耶路撒冷的夏天一点也不"冷"。她忽然想起小时候，妈妈从很远的地方回来，给自己带了一本世界旅行册，她随手翻开，翻到了【耶路撒冷】那一页，轻声念着这几个抑扬顿挫的字眼，心中浮现出一个寒冷又神秘的地方。想着想着，阳光照在身上，暖暖的。

服务员领她来到二楼阳台，安排在一张靠边的小桌，桌上的玻璃杯里，优雅地飘着一朵淡粉色玫瑰，阳光透过玻璃折射在她还有些没睡醒的脸上，投下柔和的光斑。地中海式早餐，有鹰嘴豆泥，煎蛋和香肠。她一边吃一边查谷歌地图，想趁着开学前，好好地把这座城市走一走、看一看。

耶路撒冷最值得探访的地方，毫无疑问是 Jaffa 古城，称为真正的"耶路撒冷"，哭墙就坐落其中。老城是现存最完整的历史遗迹之一，真正意义上的"圣城"。在二十世纪在复国主义运动的感召下，犹太人陆续回到圣地，涌入老城，他们在狭小的空间里搭建起一间又一间小屋。实在建不下去了，有人甚至紧贴着城墙盖起了一座房子，后被强制拆除，城墙上至今还存有那座屋顶的痕迹，像一道历史的脚注。贴着老城墙缓缓前行，安宁的气息从每一块砖，每一条石缝里渗出。城墙的缝隙中仿佛能瞥见以色列人出埃及，大卫王弹起竖琴，所罗门王建造起第一座圣殿，巴比伦军队烧毁了圣城，阿卜杜勒在圆顶清真寺上献祭，被迫迁徙的犹太人泪流满面又重新回到家园拓荒。

"This is the place." 她心里默默想着，走进耶路撒冷老城里的阿拉伯商贩一条街，街道两旁摆放着印有阿拉伯团的桌椅和器皿。被挂起的白色长衫随风轻轻飘动。经过一家冷清的阿拉伯茶馆，披白色纱袍的阿拉伯大叔独自在店里算账，神情悠然，雪黎试探地问，你们这里有茶吗？他笑着说，"当然，这是茶馆。我们有红茶和绿茶，你要哪个？"

"红茶。"

"好的，请坐。"

雪黎顺着楼梯走上二楼，在这家空无一人的茶馆选了一个最僻静的角落，愣愣看大叔拿起一包立顿红茶茶包，好气又好笑，心想，留着大胡子、披白纱、卖红茶茶包就能开阿拉伯茶馆，我估计蒙个面纱，骑只骆驼，拿本经书也能自称先知。

这时，店里走进一位亚洲面孔的男孩，问："这里是茶馆吗？""是的，请进，我们有红茶和绿茶。"大叔一边回答，一边端着泡好的茶和一盘阿拉伯煎饼上楼。雪黎不记得点了这个大饼，戳了戳，非常硬。

离开茶馆后，雪黎朝哭墙的方向走去。Wailing Wall，上初中时第一次听到这个名字时心就一颤，想象这是一面可以让你尽情大哭的墙，它像一位慈悲的老者，静静听着你的难过。她终于站到这面墙前，没有人在哭，墙的右侧悬挂着世界的时钟，祷告声此起彼伏。成群结队的修女从台阶上缓缓走过，她们脚步轻盈，仿佛怕吵醒睡梦中的孩子。

"Hi, it's you again?"

雪黎回头一看，是刚才在茶馆碰到的男孩。

"Hi, it's you, how are you?" 她笑着用英文回应，在外面太久面对亚洲面孔的人总要犹豫一下，不确定对方是否会说中文，也许是日本人，韩国人，或是散落各地的华侨。

"I'm good, my name is Ryan, from Australia, you?"

"I'm from China, but I go to school in California"

"You speak Chinese?"

"Yep，你说中文？" 听他这么一问，可安全改为中文交流了。

"我出生在澳大利亚，现在在英国念书。" 男孩用流利的中文回答。

"赞，你学什么专业？"

"金融，你呢？"

"我念历史的。"

"哦，学历史，耶路撒冷历史可多呢。一个人来的？"

"是啊，我喜欢一个人旅游。"

"噢，我也是。"

"哈哈，不过我其实不是来旅游的。"

"你是来上学的？"

"是呢，summer Ulpan，你也是来上学吗？"他们边走边离开哭墙，穿行在老城狭窄的街道间，这里台阶纵横交错，没走多久，两人竟不知不觉上到了一个屋顶。

"我也是来 Hebrew University 上学的呢！"男孩笑笑，眼睛在夕阳下分外明亮。

"我也是！"雪黎惊喜地睁大了眼睛，没想到还有精神病和自己一样一个人跑来上学。

"太巧了。你来学什么的？"男孩在屋顶坐下来，雪黎也跟着坐下来。"希伯来语。"

"这么酷！"

"没有啦，就觉得这个语言很神奇，从右往左写，很古老。那你是来学什么的？"

"Collective memory"

"？集体记忆？"有趣，大概听说过这个社会心理学概念。也能揣测为何希伯来大学会开这门课。一个群体的集体记忆对个体的心理必然有很深影响。

"不过，我之前也听说过一个叫做'曼德拉效应'的理论，说的的是集体记忆总是不符合史实。"

"嗯啊，我其实就是想来玩，顺便学习点东西。"苏恩解释到。

"那为什么不学希伯来语？"雪黎调侃。

"希伯来语说的人有点少吧，阿拉伯语可以考虑。Collective Memory 这个主题挺有趣。"苏恩解释道。

"挺好的。"

两人坐在屋顶上，天色逐渐变暗，远处忽然传来钟声。

"今天是安息日，一会儿所有的店都会关门，交通工具也会停，你是住这附近吗？"男孩提醒道。

"哦，我走过来大概 20 分钟。"

"那我送你回去吧。我对附近比较熟悉。"

"会不会太麻烦你了？"

"没关系，我也住附近。你明天要去学校宿舍报到吗？"

"是呢。"

她们一边说着，一边从屋顶慢慢走下。小巷蜿蜒蜓蜓，转角处，整整齐齐走过一队戴着大圆帽、穿着黑西装的正统教派男子，神情肃穆，步伐一致。夕阳洒在老城墙根，一位卖油画的老人正在收摊，他养的猫依偎在一幅猫画像前，身影与画融为一体，几乎分不清哪是猫，哪是画。没多久，他们走到了雪黎所住的旅馆前，两人互加了微信。

"你这微信名字看不懂啊！"

"哈哈，是希伯来语 שר, Sherry 的意思。叫我雪黎或者 Sherry 都行。"

"好，我的微信名就是我本名，苏恩。"

回到房间，雪黎躺在床上，开始翻看苏恩的朋友圈和 Facebook，他最近去了西班牙、罗马、德国，大部分照片是沙滩、排球，金发碧眼美女环绕。突然收到一个点赞提示。是苏恩赞了她在朋友圈发的一首小诗：

孤独是猫的毛孔
呼吸着每一种气味和颜色的死寂
古铜色的村庄
不戴面纱
飘来南方的沙漠和北方的海洋

颠沛流离的骆驼走过亚伯拉罕的墓地
盲人们匆匆穿过哭墙
去看下午五点钟的白茶花

"你写的？"他在评论区问。

她打开输入框，正想回复又止住了。也许是时差的缘故，对着听不懂的电视节目更换了一遍频道后，沉沉睡去。

第二天早上很早醒来，比起放假时在加州经常要睡到中午，这里的早晨让人自然而然就想起身。

吃完早餐后，雪黎联系酒店前台帮忙叫车去学校宿舍。前台经理听了："这么早要车？日落前可难了。"原来今天是安息日，以色列人这会儿都在家里和亲朋好友吃饭聊天。一直到周六傍晚日落后，城市才会慢慢恢复运转。

看来要到晚上才能去宿舍了。她只好回到房间，打开电脑继续写诗，又把昨天在老城拍的照片一一筛选，发给迪生。迪生给她一个大大的赞。紧接着，消息又跳了出来——

"我失恋了。"后面跟着一个哭脸表情。

"你什么时候交男友了？"

"在三番那个？"

"那个作曲家？"雪黎继续追问

"嗯……你可千万别丢下我。"雪黎哭笑不得。

太阳终于落山,她拖着那只巨大无比的黑色行李箱再次来到前台。"你要去希伯来大学?"前台经理依旧挂着他那招牌式的黑色幽默微笑。

"是的。"

"学什么?"

"希伯来语。"

"Wow,雅菲。"

"雅菲?"

"是希伯来语里'特别好'的意思。"他递给她一张名片"这是我的联系方式,有问题随时问我哈。"

"谢谢。"

她前往的的宿舍在 Mt. Scopus, Scopus 在希伯来语里是守望者, Mt.Scopus 也可以翻译为哨兵之山。据说,在 1948 年阿以战争和 1967 年六日战争期间,斯科普斯山山顶、希伯来大学校园和哈达萨医院是约旦境内受联合国保护的以色列飞地。

雪黎选的宿舍是一栋男女混合的 kosher 宿舍,其实不清楚 kosher 宿舍与非 kosher 到底有什么不同,出于好奇,一个月前申请时选了它。

办好入住手续后,宿舍工作人员在一楼广场向新生分发了一叠资料:注意事项清单,宿舍和校园地图,学校组织的几次出行活动说明,以及明天迎新说明会

（orientation）的时间。和她一同办理入住的，是另一位从中国来的同学。简单寒暄几句后，得知对方是北大阿拉伯语系的交换生，肃然起敬。阿拉伯语可是比希伯来语还难的语言，尤其是手写体—所有字母都连在一起，看起来像一串谜团，根本辨不清每个词由哪些字母组成，简直劝退。

耶路撒冷是一座山城，走哪儿都离不开上坡。雪黎的宿舍区又建在山上，整个建筑群由二十多栋楼组成，从广场走到她的宿舍，需要穿过几个山坡，最要命的是没有电梯。

她抱起那个巨无霸行李箱，再次开始翻山越岭。不过对她来说，拖着箱子跋山涉水已不是件稀罕事了，16 岁离家前往美国念书，在陌生的地方穿越车水马龙，找陌生人问路，搬家，装家具，等早已驾轻就熟。记得有一年夏天拖着大箱子搭公交车从伦敦到牛津，结果车把她放在离学校还有 二十分钟步行路程的站点，等她走到时，脚底都磨出血了。

好不容易走到宿舍楼下，她的宿舍在五楼—503。幸运的是，这栋楼有电梯。电梯门打开，她和另外两人一起走进去了，电梯每到一层，就会用希伯来语发出提示："shesh isae。"她感到新奇又有趣。

打开宿舍门，一进门是一个小厨房和一张小餐桌，旁边的小客厅里有两张沙发：麻雀虽小，五脏俱全。

这间宿舍一共有四个房间：两间双人房，两间单人房。雪黎申请的是其中一间单人房。穿过客厅，顺着走廊往左走，尽头是两间卧室，她住左边那间，瞥了一眼右边的房间，紧锁着，估计宿友还没到。

打开房门只见一个带镜子的衣柜，右边是一张很大很大的书桌，左边摆放着一个单薄的小床架。很满意这个布局。打开箱子把带来的床单和枕头先拿出来铺好，接着小心翼翼将电脑、本子和笔，还有最近在看的几本书——《吉檀迦利》《存在与虚无》——一摆在书桌子上。

换上一件宽松的衣服，走出房间和室友们打招呼。第一位室友是一位欧洲面孔的男子，手里握着茶杯，用中文和雪黎打招呼，说"你好"。

"嗯？你会说中文？"她有些惊讶。

"我叫 Matthew，之前在哈尔滨住过几年。"

"哇，哈尔滨？我都还没去过。"

听到声音，其他室友也陆续走了出来。Matthew的室友是一位俄罗斯人，叫普希金，另一间寝室走出来两位女生：一位也是俄罗斯人，和普希金看起来很熟，大概是他女朋友，叫叶琳娜；另一位叫 Masako，日本妹子，自我介绍说目前在英国读神秘主义博士，大概是专业需要暑期过来学习下希伯来语。

雪黎在学校已经学了两年的日文，可以用蹩脚的日文和 Masako 寒暄两句。只是俄语她只记得外婆教过自己的三个词：Хорошо（好）"Спасибо"（谢谢）和"Да"（是的）。见到俄罗斯人不断说 Да 就好。或许是从小跟外婆长大的缘故，雪黎对俄罗斯人天生有好感，直到后来学了很多不同版本的俄罗斯史。

　　普希金和叶琳娜显得格外友善，边问大家要不要吃西瓜，边从冰箱拿出一个大西瓜开始切。雪黎忙不迭说 Спасибо。Matthew 和 Masako 说自己东西还没收拾完，先回房间继续了。

　　俄罗斯情侣把切好的西瓜搬到客厅的茶几上，三人围坐在沙发上边吃边聊。雪黎这才知道，他们都是莫斯科大学来的交换生，经常来耶路撒冷，已经学完了希伯来语 Alef 和 Bet 级，希伯来语的分级有 Alef（初级），Bet（第二级）一直到 Gimel，后面可以继续升级打怪。"有什么不懂的，可以问我们。"叶琳娜说。叶琳娜是位微胖甜美的姑娘，涂着深褐色指甲，还和雪黎特意强调无名指一定要涂一个不同的颜色，这样会有好运。

　　"好的，先谢谢你们啦。你们是每年夏天都会来吗？"

"差不多，我们本来就是犹太人，有节日或者空闲就会过来。"普希金说。

"我很喜欢俄罗斯文学。"雪黎开始拉好感，确实，她很爱陀思妥耶夫斯，他的那句"你要配得上自己所经受的苦难"，曾支撑她度过许多艰难时刻。

"比如谁的作品？普希金？"叶琳娜笑笑，正准备啃一口西瓜。

"嗯嗯，还有陀思妥耶夫斯基。"

"太深刻了。"叶琳娜笑着说，这时，门口传来钥匙转动的声音。

"估计是最后一位室友到了。"普希金说着。

"嗨，你们好，我来晚了。"一个声音友善地打着招呼。雪黎背对着门，听声音感觉有些耳熟。她猛地转过头："诶，是你？"

"Sherry！太巧了吧！"是苏恩。好神奇，在异国他乡，一个原以为只会擦肩而过的的陌生人，再次出现。

"你们认识？"叶琳娜一边收拾桌面，一边好奇地问。

"昨天在哭墙偶遇的。"雪黎笑笑，弯腰帮忙把西瓜皮收拾干净。

苏恩把行李搬进房间，雪黎走过去，倚在自己的房门口说："guess what！我住你旁边。"

苏恩愣了一下，有些不好意思地说："我怎么住到这里来了？记得填的时候没填男女混住啊…."

"可能学生太多，把你调过来了？"她笑着摆摆手，"那你先收拾，我去学习了。"

"这么勤奋？好。"苏恩也关上了门。

回到房间关上门，雪黎重新打开苏恩的 Facebook，又随手打开桌上的《存在与虚无》（Being and Nothingness），翻到的那页赫然写着"人是一种无用的激情"。

之前和一个朋友讨论过，究竟是存在主义好还是虚无主义好，存在主义更有力量，还是虚无主义更贴近现实？虽两者息息相关，但她更偏向前者。她的观点是：虽然我是虚无的，但至少我承认了自己的存在，即使这存在本身没有意义，宇宙也无义务赋予我意义，但我依然存在—这本身就代表着某种合理性，没有人可以质疑我存在的合理性。

第二篇　　耶路撒冷的沉睡

　　第二天清晨，雪黎醒来后稍稍梳洗了下，打开在加州时常用的 Yelp 想找附近早餐店，结果什么都没搜到。她看到宿舍区后门出去有一家看起来可以吃东西的地方，决定走过去看看。

　　清晨的耶路撒冷格外宁静，仿佛一声脚步声都可能惊扰沉睡的石头。蹑手蹑走到那家早餐店，才发现门是关的，好在这条路去学校也是顺路。她戴上耳机，边走边听音乐，对新生活突然有些期待。

　　从宿舍到学校的必经之路上，有一片墓地。并不让人感到阴森，反而在清晨的阳光下显得安静而从容，带着一份镇定自若的优雅。凑上前去仔细看，才发现这是英国军人墓（British Military Cemetery）—第一次世界大战期间，以色列还属于英国管辖，想必当时在巴勒斯坦和埃及葬身的英国士兵都安葬于此。

再往前走就是一个公交车站。公交站对面有家早餐店，叫 Aroma。深咖啡色的招牌上印着红色的希伯来文，在灰白的街景中格外醒目。菜单是英希语双的，点餐毫不费力。雪黎毫不犹豫点了三文鱼鸡蛋牛角面包（Salmon & Egg Croissant）套餐，配有一杯 Aroma 咖啡和一小盘沙拉。Aroma 的冰咖啡和雪黎想的完全不一样，更像是一杯冰沙，倒也惊喜。饱餐后她心满意足地走朝学校走去，准备报到。

报到处在国际部二楼，现场排着条长长的队，雪黎排上后就听见前面的同学在说中文。她叫 Alice，刚从国内过来读经济系研究生，穿着一袭大红长裙，头发柔顺乌黑，颇为亮眼。Alice 给雪黎热情介绍自己的室友— Grace，也是位迷人的中国女孩，从小在洛杉矶长大，本科毕业于 UCLA 的政治系，现在来耶路撒冷读社会运动（social movements）方向的研究生。

"你是加州哪里的？"Grace 主动问。 "UC Davis"雪黎回答。

"哇，那我们算是校友啦！我是 UCLA 毕业的，"Grace 眼睛一亮，语气轻快。

"是的！"雪黎顿觉像遇到了老乡，语气也亮了几分。

"所以你是来读研究生的吗？"Grace 问。

"不是，我还在读大三，明年才毕业。这次是来参加暑期希伯来语课程的。"

"学校的交换项目？"

"不是，我自己找的。"

"哇，这么厉害。为什么会想学希伯来语呢？"

"就是喜欢奇怪的文字，被古老神秘的东西吸引。"雪黎笑笑。

"所以你本来的专业是什么？"雪黎问。

"政治学。"

"哇，我是历史系的，那咱俩专业离得很近。"

可以想象，Grace 来耶路撒冷继续学政治学绝非偶然，耶路撒冷作为以色列和巴勒斯坦争执不断的圣地，宗教冲突、领土争端、人权问题等等，任何一个都足以构成研究生论文的核心主题。对她而言，这不只是学习，更是一种使命。

希伯来大学的研究生项目本身不强制要求掌握希伯来语，针对国际学生的课程多以英语授课，但学校会要求学生入学前参加暑期的希伯来语集训课，正是她们现在要上的 Ulpan。

报到完，雪黎走出国际办公室，在门口又碰到一位中国女生，对方看着有些迷茫，问，是在这里登记吗？雪黎笑笑说是的。

那女孩一身极简风打扮：灰色 T-shirt，宽松白色长裤，梳一个随意的马尾辫，细框眼镜，整个人散发出一股淡淡的又很牛叉的学霸气质。

雪黎随口问："你也是中国来的？"

"嗯，我叫莫小乔，上海外国语的，来上暑校。""我也是来上暑校的。"

"哦，那我们一样，我专业是阿拉伯语，希伯来语没有基础。"莫小乔的表情坦然谦逊又自信。

"那下午的 orientation 见啦。"雪黎友好地说道。

报到完后工作人员开始公布分班情况，所有信息被写在一个大黑板上，大家纷纷围上去查看，场面一时有些热闹。雪黎看到自己和莫小乔都在 Alef（初级）的 B 班，而 Grace 和 Alice 在 Alef（初级）的 A 班。

一晃到了午饭时间，希伯来大学国际部有一个很好的自助食堂，只是不提供猪肉，牛肉和羊肉都是极鲜极好吃的。

"你觉得我们寝室那两个男生怎么样？"Grace一边吃一边和 Alice 开始悄悄八卦。

"冥浩和光旭吗？哈哈哈，他俩都挺逗。"

"我觉得光旭好可爱啊，憨憨的，尤其是说起他和女朋友在北大门口卖煎饼那段，我真的要笑死了。"

"对对！摊还没摆好，鸡蛋就先被人偷了，然后他去买鸡蛋，回来发现锅也被偷了…这都什么跟什么啊。哈哈。"

"听说和他一起摆摊的女朋友现在在土耳其，过一个月会来找他玩。"

"他们都挺酷的，光旭之前不是学计算机的吗？怎么跑来这儿念阿拉伯语？"

"冥浩就闷闷的，有点忧郁…不知道是不是故弄玄虚。"

"哈哈哈哈……" Alice 放声大笑，吓得一只在餐桌边晃悠的波斯猫立刻逃走了。

午饭后，大家前往参加学校安排的新生 orientation。会议厅在国际部的地下一楼，装饰像一个小型剧场。雪黎刚走进去，就在第十一排看到了莫小乔，便顺势坐到她旁边。

"嗨，Sherry！"身后传来熟悉的声音，Grace 拍了下她的肩膀，和 Alice 一起坐到了她们身后。"唉，你们也来了。"雪黎笑着转头，惊喜地打了招呼。

Orientation 的核心大概两个。第一个是安全问题，以色列常年遭受来自周边地区的火箭弹攻击，这个已习以为常，但学校仍会定期举行防空演习，并提前通知大家，如果收到通知大家不要太紧张也不要太激动，老师在讲解时带着一点黑色幽默地说："有些人是一遇到危险就很激动，但咱们也不要过分激动。"台下一阵哄笑。他继续强调，每间宿舍都配备了一个安全室，大家回去后确认清楚自己住在哪间，如果你刚好住在安全室，出门时房间必须保持不锁状态，以便一旦有紧急情况，其他人可以迅速进入避难。这是住在安全室人的职责。雪黎听着心里一紧，回忆自己房间的情况，好像并没有注意这个细节，回去后一定要好好确认。

第二强调的是课程与活动安排。上课时间每周日到周四，每周四下午大家都要到这边集合唱赞美歌。话音刚落，工作人员开始分发赞美诗手册，一共二十首，标有希伯来语和英语对照。老师解释说："现在不会没有关系，每周四下午我们会有钢琴和声乐老师带大家一首首地学，还会邀请同学们上台表演。雪黎一听，立即激动起来，跟旁边的莫小乔说自己特别爱唱歌，莫小乔没有任何表情和回应。

Orientation 结束后是校园参观（campus tour），大家被分为五组，由不同老师带队熟悉校园环境。一上来她们被带到爱因斯坦雕像前，老师介绍，爱因斯坦是希伯来语大学的创始人团队成员之一，在 1921 年，爱因斯坦曾说道："我不知道有什么公共事件能给我带来比在耶路撒冷建立希伯来大学的提议更大的喜悦了。"

大学建立后，爱因斯坦担任了第一届理事会和学术委员会成员，发表了开幕科学讲座，并编辑了其第一本科学论文集。遗嘱中，他将自己的文学遗产和文件都捐赠给了耶路撒冷希伯来大学。雪黎虽然不懂科学，但打小就崇拜爱因斯坦，虽然听说他情史复杂。

　　雕像旁有一座露天歌剧院，设计灵感估计来自罗马竞技场。斗牛这个残忍古老的竞技，在现代文明年代是再也看不到了。走着走着，大家沉浸在历史与建筑的氛围中，老师突然在一棵树前停下，语气低沉地问："同学们，你们知道 2002 年的暑假，我们学校经历了什么吗？"面面相觑，纷纷摇头。她接着说，2002 年的 Bombing 事件，恐怖分子冲进学校轰炸了餐厅，当时有一百多名学生受伤，九人死亡。死亡的学生都是当年暑校的外国交换生，为了表示哀悼校方把他们埋葬在了这棵圣树下。

　　信息量有点大，雪黎要冷静下。她侧头看了一眼莫小乔，只见她做了个被惊吓的鬼脸。气氛压抑，处境堪忧，雪黎想起耶路撒冷著名诗人耶米亥写过的那句"耶路撒冷多次自杀未遂"，回头看了看 Grace 和 Alice，Grace 耸耸肩膀，Alice 面无表情。Campus tour 结束后，她们四人一起去校内书店购买明天上课所需的教科书。莫小乔拿起一本叫 Hahadash，Ma Hahatehola 的教科书，浅黄绿色的卡通封面，纸张精美。抱着教科书，雪黎对过好这个夏天突然又有信心了。又想到两个月后迪生就会来玩，他们还可以一起去死海、海法、甚至埃及西奈半岛，内心重浮喜悦。

结账后，Grace 转头问雪黎和莫小乔："要不要一起回宿舍？"莫小乔说要先去图书馆自习。课还没开始就去图书馆学习了，果然是学霸。她们二人和莫小乔说了再见，一起走回宿舍。刚到楼下，雪黎才发现竟然大家都住同一栋楼，她住 503，而 Grace 和 Alice 就住正对面的 504。

雪黎把包放回自己房间后，就迫不及待敲开了504 的门。

504 宿舍好不热闹：两位中国男生正在厨房做饭，一位女生窝在沙发上看书，Alice 和 Grace 靠在餐桌旁刷着手机。见雪黎来了，Grace 立刻笑着 向大家介绍："这就是我跟你们说的雪黎明，加州来的文艺女青年。"文艺女青年？这词可不敢当，尤其这些年像是在骂人。正在厨房做鸡翅的冥浩回头看了她一眼，云淡风轻，他脑海中突然浮想起这四个字，在他看来雪黎像是经历了某种浩劫，劫后余生后什么都云淡风轻的人。光旭正在拌面，北京小大爷的口吻说着："邻居好啊，有空常来玩啊！"他笑起来也颇像个亲切的北京大爷，虽然年纪小。

沙发上一直一言不发的一位女生，看模样不像中国人，手里正捧着一本希伯来语版的《圣经》。这可是用圣经希伯来语（Biblical Hebrew）写的，与大家即将要学的现代希伯来语（modern Hebrew）大不相同。出于好奇，雪黎坐到她对面与她攀谈起来，得知她是韩国人，叫金，耶鲁神学专业大三。虽常常听说 theology 这个专业，这还是头一次真正见到学神学的人。回忆起那天独自一人逛哭墙时，也看见了很多韩国旅行团，果然韩国已经是基督教国家，信徒众多。金整个人散发着一种活泼清澈的气质，准确地说，是一脸处女气质。寒暄一番后，雪黎准备回宿舍。Grace 问她要不要一起吃饭，雪黎心里一暖，觉得第一次来做客就蹭吃蹭喝不大好，感谢并婉拒：改天哟！

　　回到 503 寝室，她看到意大利青年 Matthew 一人坐在客厅里吃饭，全身散发着忧郁、愤怒、苍老又不服输的气质。干脆和他聊个天。

　　"当年为什么学中文啊？"

　　"就是很喜欢中国文化。" Matthew 回答，"那时去哈尔滨，街上的人都看我，觉得我像怪物。"

　　"哈哈……"雪黎笑了。Matthew 的眼睛有点绿色，绿油油的，据说哈利·波特也是绿眼睛。

　　"我在意大利读的政治学的，中国的政治地位真的非常关键。"

"那你在意大利从事政治相关的工作吗？"

"之前当过顾问，但家里人都很嫌弃我。说我什么都不会做，只会空谈。"

雪黎听了，不禁感叹。确实，这个社会总是对"只会空谈"的人充满偏见。读人文学科的人，读了一辈子的书，也常常被贴上"脱离现实"，"困在象牙塔"的标签，得不到理解。相比之下，计算机，人工智能，大数据分析才是"有用"的"正道"。

各学科间的鄙视链早已形成，许多在人文领域深耕的学生倍感压抑，只能在夹缝中生存。当然，人文学生也不是毫无出路—如果考上法学院，尤其是专攻经济法、并购方向，还能重新获得"社会价值"的肯定。

历史课拿 A 又能怎样？能多跟人讲讲故事而已。虽常感无力，却也明白，能学自己喜欢的东西本来就是件奢侈的事情，既然是自己喜欢的，自己选择的，那就要想清楚，认定后坚持走下去。至于社会怎么看，并非她所能控制。社会究竟是什么？如本尼迪克特·安德森在《想象的共同体》中所说：

"即使是最小的国家的成员，也永远不会认识大多数其他成员，也不会见到他们，甚至听说过他们，然而，在每个人的心中都存在着共同体的形象……社区之间的区别不在于它们的虚假与真实，而在于它们被想象出来的方式。"Matthew 还在自顾自大吐苦水。

"意大利政客都很愚蠢。出的政策都让我愤怒。"

"怎么说？"

"你知道 EU 有个法案吗？来 EU 寻求庇护的难民或者移民，在哪个口岸登陆就由哪个国家安顿。然而，很多来自中东或非洲的难民，第一站就是意大利 - 意大利签这个法案后让自己成了整个 欧盟的垫脚石。"

他说着一脸无奈，"而欧盟根本没有给我们什么实质支持，处理难民有很多文书工作，人力成本，都需要意大利政府自己掏钱。自从加入欧盟，意大利的物价就涨到跟欧盟最强国家持平了，可工资一点没涨。" Matthew 一边说一边摇头，"搞得民不聊生，年轻人都想参加黑手党。"

"黑手党现在势力还很大吗？"雪黎很惊讶。

"你想啊，工作不好找，工资又低，政府还不作为，这样的环境下，黑手党势力能不大吗？"

"所以你不想回在意大利了？"

"对啊，年轻人真的不应该待在意大利，那是个没有未来的地方。老年人可能还可以。所以我来以色列。"Matthew 苦笑。

"你是要定居在以色列？"

"对，我需要在这边找个工作，但也不好找。"

"你想找什么样的工作？"

"大概就是那种国际公益组织，非营利组织，做慈善和社会活动之类的。"雪黎掰着脚趾想，也是：这确实是大部分政治、历史学背景的人最终选择的道路。写文案、策划活动、筹集资金……这些组织需要的，正是人文专业训练出来的通识能力和情怀。在以色列，这类机构很多，估计也都有些政治倾向，希伯来语大学本身非营利管理专业在国际上也颇有名气。

"那你肯定没问题啊，懂多国语言，又是政治学背景。"

"哎，难，这专业也不赚钱。说实话，我是被家里赶出来的。"他边说边用叉子戳着一罐玉米罐头，语气中带着一丝自嘲。"我们家条件不错，但爸妈离婚后，我爸就不管我，他现在估计还在某个私人岛上度假。"

听到这，雪黎默默看着他，心里大致拼凑出他的轮廓：这是一个有理想和情怀，但脱离不开资本主义物质享受，年轻时有个性，如今终于被现实打击的中年人。所谓上流或中产家庭多出这样的迷失之子，家庭条件让她们备受艺术及人文教育熏陶，从小被教育要追求自我无，但若真追求自我又会发现靠自身为所欲为的精神享受很难维持经济优势，除非家里能一直养着。天生矛盾体。

即使是所谓的"trust fund baby"，在激烈的社会竞争中也难免产生自卑感。尤其是身边同学都靠学AI，大数据在硅谷发家致富了，自己还靠家里施舍过日子，可能最后落到除了"优雅"一无是处。

想到这儿，她忍不住摇摇头笑了。朋友里面像Matthew这样有情怀又追求人生"意义"的青年还真不少，不仅自己倍感无力也易成为别人攻击的对象，大家只能互相鼓励，努力在逃避与坚持之间找到一点喘息的缝隙。

"我懂你痛苦的来源。"雪黎看着他的眼睛，缓缓地说，"情怀是甜美的毒药。"

Matthew无奈地笑了笑，摇头："大概没有什么不是毒药。"雪黎笑着说："对，我就是这个意思，记得一个朋友说，吃饭会加速死亡，但不吃饭会死。你现在需要这样的生活，即使这样的生活让你痛苦，但不这样或许就撑不下去了。"突然就说到死这个话题。这让她想起母亲癌症治疗时的进退两难：做化疗会杀死好细胞，让人变得异常虚弱；但不做化疗，癌细胞会迅速扩散。

"呵呵，是，但是现在女朋友都找不到，三十多岁的人了。"Matthew喝了一口冷饮。雪黎替他感到遗憾，自己也是兜兜转转很多年也没能和喜欢的人在一起，不过自己二十岁的年龄想去完全体验三十多岁找不到女朋友的心情还是有点难。

"慢慢来。中国有个词叫缘分。"雪黎安慰道。

"你有男朋友吗？这么好看。"Matthew 突然抬起头，盯着她看了几秒。

"啊？没有呢……"雪黎一时有些尴尬。

苏恩推门进来了，脸上带着他一贯暖暖的笑容，看见 Matthew 一个人在吃东西，便问雪黎："吃饭了吗？"

"还没。"她假装懒懒地回复。

"要不要一起去吃点？"苏恩边说边把包放在沙发上。

"好啊！"雪黎眼睛一亮，立刻精神了不少。

苏恩推荐一家他去过两次的中东菜馆，据他所说，才来几天就已经把附近餐厅全都摸熟了。耶路撒冷的黄昏很舒服，温热又凉爽，深蓝色的天空映在古城墙上，有种独特的庄重与安宁。

他们从宿舍区后门并肩走出，苏恩穿着红黑相间的格子衬衫，雪黎穿着连身牛仔裙，仿佛都是从加州来的样子。夜色下，靠近希伯来大学的餐厅一条街分外热闹，街道两旁的餐厅几乎全是露天座位，灯光温暖，气氛轻松。苏恩带她来到一家地道的以色列餐馆。

"Shakshuka 很好吃的，很像中餐里的西红柿炒鸡蛋。"苏恩没看菜单就笑眯眯地说。

"哦？"雪黎喜欢这个名字，看了下图片觉得不错就点了。苏恩要了 kebab。"这可是我们第二次一起吃饭呢。"

"第二次？"雪黎露出懵懂无知的微笑。

"上次在阿拉伯茶馆。"

"对哦。哈哈。那个茶馆好坑，立顿茶包。"

"你的诗我读了，写得真好。"苏恩突然这么一夸，让雪黎无从谦虚。服务员拿上来一篮子面包和 hummus。

"你平时也喜欢读诗？"雪黎问。

"读啊。莎士比亚。"

"哈哈，中文诗呢？"

"我背诵过《再别康桥》。"

"哈哈哈哈哈。"雪黎笑到茶要喷出来。

"好笑吗？徐志摩大诗人。"

"可不是，我去剑桥的时候还专门去找了徐志摩那块石头。"

"我也在剑桥看到了。渣男的石头。"

"男诗人真的很容易渣，我现在看到男诗人都绕着走。"雪黎想到自己认识的，以及从朋友口中听说的各种故事，当然也有特别好的男诗人。

"那就没有什么推荐的现代男诗人？"

"我其实现代诗读的不多，要真的特别喜欢的，就是郭沫若写的那首《天狗》"

"《天狗》？"

雪黎开始临场发挥，背诵《天狗》里最经典的那几句：我是一条天狗呀！

我把月来吞了，

我把日来吞了，

我把一切的星球来吞了，我把全宇宙来吞了。

我便是我了！

"我去，什么呀。哈哈哈哈。"苏恩笑到要倒地般。"这可真的是现代先锋诗人呢。"

他们嘻嘻哈哈聊了很久，突然聊到苏恩说前女友出轨的事。"出轨？"

"嗯。"

"你是怎么发现的？"雪黎问完，又觉得这个问题有点冒犯，赶紧补了一句，"我就这么一问，不一定要分享。"

"唉，现在社交媒体这么发达，能藏得住吗。"

"你这么一说，想到之前有个男生追我，可他一直有女朋友。我真无语了。有女朋友为什么要来追我呢？"

"有些人很现实，不愿意承担风险。如果没追到你又分了手，风险太大。"

"可如果我真心喜欢上一个人，心里是肯定装不下另一个人的。"

"这样很好。一心一意，喜欢就认真去喜欢。"

"不过，实在是同时喜欢上好几个人，那就都不要选。"

"还能同时喜欢上好几个？"

"世界上那么多有趣的灵魂，喜欢好几个不稀奇呀。"

"这可有些前后矛盾啊，不是喜欢上一个人就装不下别人吗？"

"可能我刚刚用词不太准确，" 雪黎想了想，"应该是爱上一个人就装不下别人。喜欢的话，浅浅的喜欢，可以分给很多人。"

"哈哈哈。"

第三篇　　第一堂希伯来语课

　　手机铃六点就开始响，如果目标是 6:30 起床，6:00，6:10，6:15，6:20，6:25，每隔五分钟都要设一个铃，连环轰炸。

　　今天是希伯来语课的第一天，七点半上课。这个时间对雪黎来说可谓要命，过去三年她的课都排在下午，习惯性熬夜写论文，早已养成夜猫子作息。这么早的课让她恍惚间有重新回到高中的校园生活之感。

　　匆匆赶到教室，发现莫小乔已先到了，坐在左边的位置，一脸镇定。"嗨，这么早？"雪黎打了个招呼。

　　莫小乔很淡定回了个"嗯"，真是位冷漠的女子。教室的桌椅摆成 U 字形，雪黎便在正中间找位子坐下。陆陆续续同学们都到了。放眼望去有阿拉伯人、犹太人、韩国人、欧洲人……共十几人，构成了一个微型的联合国。

这时冥浩走了进来，雪黎立刻对他投去友好的眼神，结果被他那盾牌般垂下的眼皮毫无波澜地挡了回来。雪黎有点尴尬，她属于外表"讨好型人格"，总是出于礼貌过于热情。这时一位男生坐到了她左边。

　　"你好，我叫穆罕默德。"同学自我介绍。只见穆罕默德同学脸圆圆的，留有浓密的大络腮胡，简单寒暄了几句后，穆罕默德突然说："我可能是成吉思汗的后代，因为长了一双中国人的眼睛。"见雪黎呆住，他接着说"成吉思汗很多后代，我估计是其中之一。"

　　雪黎只能微微点头。成吉思汗在历史上那是有名的子嗣繁多，从亚洲横扫欧洲大陆，据说当今世界每两百人中就有一人是他的后代，这位穆罕默德同学是成吉思汗的后代也并不稀奇。穆罕默德继续说："因为我长了中国人的眼睛，细长，向上扬。"雪黎心里咯噔一下，这不是典型的刻板印象吗？甚至有点种族歧视的意味。她望向莫小乔，发现她脸色明显变了，依旧一语不发。或许这位穆罕默德同学也没有任何恶意，只是在陈述对事实的有限认知。

　　还没完，他紧接着又说了更让人匪夷所思的话："你们黄种人的皮肤真的是黄色的耶。"这下莫小乔在旁边感觉整个人都要石化了，雪黎也忍不住在心中惊叹— 这天的课，怕是还没开始，就已经"开局即高能"。一位欧洲长相的男生在雪黎右边入座，也留着络腮胡，他身穿蓝白色条纹 T-shirt，戴了副眼镜，很斯文，气质相对友好。"你好，我叫 Ariel"雪黎也回笑，长舒一口气，终于有个气场对劲一点的人，上课不会那么难受。

同学们纷纷到齐后，一位长相颇有墨西哥风情的女老师快速走进教室。她一进门便热情洋溢、手舞足蹈，开口一串飞快的希伯来语，大家面面相觑。

在挥舞着双手比划了十分钟后，她才用英语解释："我的教学方法就是尽量用用希伯来语，通过动作，表情，情景模拟等方式，让大家自动产生语音和语意之间的关联。"她接着补充说：课程安排是每周日到周四早上八点到下午三点，每周四下午会集体去会议厅学希伯来语赞美歌，每周都会有一次小测试。

老师介绍完毕，轮到同学们进行自我介绍。

除了冥浩、莫小乔、穆罕默德和 Ariel，班上还有几位背景独特的同学。其中一位是韩国牧师泰恩。他曾在叙利亚传基督教传三年，后来在叙利亚一个基督教教堂结识了于埃及传教传了十年的韩国老婆，两人相爱结婚，并一起被教会派来了以色列。按莫小乔的说法，泰恩的阿拉伯语非常了得，掌握了三种不同形式的阿拉伯土语。

另一位是来自西班牙加泰罗尼亚人 Emmy，Emmy 气质独特行为怪异，留待后文详述——因为她值得浓墨重彩。

还有一位让雪黎印象极深的同学，就是班上最像仙女的女生—Baiyong（姑且翻为"白央"）。

白央是阿拉伯人，出生于比利时，现在在美国新泽西州念高中。毫不夸张地说，她是雪黎这辈子见过最好看的女生。且不说加州美女如云，雪黎偶尔参加活动也见到过一些超模或者明星，就光看脸，白央是她见过最好看的，她的长相仿佛融合了三种审美体系的精华：亚洲人的清秀，欧美人的立体，阿拉伯人的深邃——一头柔软蓬松的长卷发，精巧标致的瓜子脸，娃娃般清秀可人，笑起来可爱还带几分羞涩。

她永远穿着白衬衣和牛仔裤，简约、干净，完全打破了雪黎对"阿拉伯美女"的固有印象。以前在广告上看到的大部分阿拉伯美女都是浓眉大眼，睫毛刷得特别浓密，风情万种，而白央却清纯可爱，素净如初雪。更让人着迷的是，白央没有社交账号，从不发自拍，性格极其低调，以至于后来雪黎回忆起她的容颜只能通过模糊的记忆，这无疑更加神化了她的容颜。莫小乔也总是目不转睛看着她。韩国大叔泰恩看到白央时也感慨，自己曾在叙利亚也遇到过一位美若天仙的阿拉伯姑娘，那位姑娘想嫁给大叔，可惜他是基督教牧师，而姑娘是穆斯林家庭。姑娘甚至还说可以骗家里人说大叔已经改信伊斯兰教。大叔如果真娶了她，就再也不能当牧师了。

还有一位中国男生，自称名叫阿里，是位虔诚的基督教徒。本科在北京读书，如今来以色列攻读研究生，打算长期留在这，不知为何，他的言谈举止中透着一丝微妙的傲慢和一丝与之违和的木讷。

再有位来自格鲁吉亚的女生，名叫萨隆梅，长相精致，颇有点周迅的意思。气质却非常"美式"，从穿着风格来看，深受美国流行文化影响。她的本职工作是一名医生，据说是为了以色列先进的医疗技术才来到这的。她精通格鲁吉亚语、俄语和英语，觉得希伯来语也非常简单，智商颇高的样子。

来自不同背景的同学们齐聚一堂，只为学好一种语言——希伯来语。那就来说说希伯来语这个古老而神秘的语言。

希伯来语最早源于埃及西奈半岛的圣书体，与中国甲骨文风格上颇为相似，都是象形文字。后逐渐演变为古希伯来语。古希伯来语与腓尼基的楔形文字类似。楔形文字后来慢慢发展为古希腊字母，之后又演化为拉丁字母，拉丁字母即英语、法语、德语等语言的源头。在世界各族语言演化的道路中，华夏一直以来对于象形文字究竟是华夏族自己发明的还是从西奈半岛传来的未可知。无论如何，华夏族由于秦始皇书同文较早，开辟了一条与众不同的书写系统，延续至今。

经过一上午几个小时老师手舞足蹈的希伯来语教学后，雪黎惊讶地发现，自己竟然已会用希伯来语做简单的问候了。连上四小时的课快要昏厥，一下课能量耗尽，直奔食堂。

从教室到食堂，要经过一段露天长廊。站在廊道边向下俯看，会看见一个卖简餐的咖啡厅，不少人在那边排队买三明治。正午的阳光照进长廊，有些刺眼，但也不乏温暖。

食堂虽与加州大学的巨型自助餐不能比，但选择也非常丰富。她拿着托盘开始选，牛肉和羊肉香气四溢，肉嫩汁浓，不过 Kosher（犹太洁食）里不会有猪肉，想在以色列找家卖猪肉的餐厅几乎是不可能的。

犹太食物的另一个禁忌是不能将奶制品和肉类混吃，这样一来大部分美式食品在这边都是禁忌，比如麦当劳的芝士汉堡，在这儿是不会加奶酪的。中餐因为规避了这些搭配，颇受欢迎。

她正准备排队结账，忽然发现前面站着的正是莫小乔。轻轻拍了拍对方的肩。莫小乔回头，依然还是那副一贯的面无表情，但出人意料的是，结完账后她没有直接走开，而是端着餐盘站在一旁等雪黎，像要一起吃饭的意思。

她们一起坐到了食堂外的露天座椅，刚把食物放下，三只小猫就围了过来。眼睛亮晶晶地望着她们，毛发柔顺，动作灵巧。

"这是传说中的波斯猫吗？"雪黎问。

"应该是吧。"莫小乔说。

饭后两人一同往教室方向走去，路过长廊时，见冥浩倚在走廊上的栏杆边，望着下面发呆。他看见她们友好地笑了笑，还用希伯来语说了句你好："shalom。"

下午的课很快开始。内容密集，信息量爆炸，几乎每个人都脑袋发胀，体力透支，疲惫不堪。只有那位西班牙女孩 Emmy 神采奕奕，下课前还跑过去给老师一个大大的拥抱。

回到寝室后，雪黎连吃饭的力气都没有，倒头大睡。等她睁开眼，发现已是凌晨三点。是的，这就是她的精力值，像手机电池一样迅速耗尽。一天上课七小时，睁开眼睛的力气都不剩了，打心底佩服那些朝九晚五还保持清醒的人。

坐到书桌前，望着窗外昏黄灯光下厚重宁静的 mount Scopus，内心感到踏实温暖。刷了几眼朋友圈后，开始写当天的希伯来语作业。

忽然，隔壁传来脚步声，她诧异：苏恩还没睡吗？

写会儿作业有些口渴便起身去客厅拿水，一开灯没想客厅沙发上躺着两个人，Matthew 和另一位意大利妹子正抱在一起。雪黎连忙说抱歉，关上客厅的灯，轻手轻脚往回走。快到房间门口时，苏恩穿着睡衣打开了门，低声问："怎么了？"

"去客厅，不小心打扰到 Matthew 了。"雪黎略显尴尬。

"他怎么睡客厅？"

"好像是带了个妹子，哈哈。"

"哦？妹子啊。"苏恩坏笑了下，"好看吗？"。

"我没敢仔细看。"

"你怎么还没睡？"他说着，房门半掩着，只有一缕微光从里面洒出来，看不清他的脸。

"刚醒，昨天太累了，下午 6 点就睡着了。"

"我是说怎么一天都没看到你。"

"你怎么还没睡？"她反问。

"我习惯晚睡，可能还有点时差没倒过来。"

"哦，对，你是中午才有课。我的课都一大早。"

雪黎说着，打了个哈欠。

"那你早点休息啊。"苏恩温柔地笑笑，声音低低的，很好听。

"我还得写作业呢，你早点休息。"雪黎也甜甜地笑了笑，道了声晚安。

与苏恩说晚安，是很美好的感觉。似乎每次见到他，心情都会不自觉地变好。苏恩回到房间，重新坐回床边看 Youtube 上的深夜脱口秀。他喜欢深夜一个人看喜剧，很放松。可看着看着，不免开始发呆，脑子里想到隔壁的雪黎，他猜，文艺的女孩大多善变。

一周很快过去，同学们已经掌握了用希伯来语打招呼，说你好再见，问彼此姓名，说些简单词语比如冰激凌（Glida）。"我想喝橙汁"这种句子去学校附近餐厅点菜时都可以直接用起来了。还学会了从右往左在电脑上打出希伯来字母。初体验下来，这语言真有种"远古的浪漫"。

终于到了周四下午，按学校要求，所有学生来到表演厅，学习希伯来语的安息日赞美歌，又称shabbat songs。音乐老师站在舞台中央的钢琴前，示意大家翻到小册子的第一页，随后轻轻落下第一串琴音："大家站起来，一起唱吧。"

第一首叫 כל העולם כלו，译为全世界。歌词的大意思是："全世界是一条窄窄的桥，重要的是，不要有一点畏惧走下去。"

旋律算不上有多动听，却有种特别的安宁，不同于古典乐的优雅，也不同于流行乐那种直击感官的刺激，这类旋律更像为冥想而作。伴着钢琴低缓的节奏哼唱，越发动听，唱着唱着，忽然想起聂奴达那句诗：

"生活以痛吻我，我却报之以歌。"

学完了两首赞美诗后，老师宣布要请 Hebrew A 班派两名代表上台领唱，大家一阵小小的骚动。雪黎和 Ariel 被选中了。

Ariel 来自波兰，在波兰就参加过合唱团，也曾在街头弹木吉他卖唱；雪黎虽不是专业，但也算是名合格的 KTV 歌手。

两人一站在台上，便默契十足。Ariel 还是把那件蓝白条纹，像波兰国旗一样的 T-shirt 穿在身上，雪黎则穿着条黑色长裙。

琴声响起，二人轻声开唱，声音悠扬，高低有致，合起来宛如一体，浑然天成。一首歌完后，她们回到座位，正准备放松一下，Emmy 跑上了舞台，毫无预警地对钢琴老师说了几句话。在场同学开始窃窃私语，感到不解。老师虽一脸疑惑，但还是礼貌地起身让出琴椅。Emmy 用很戏剧化的神情和指法弹了一首不知是什么的曲子，在键盘上各种跨八度，最后几个音符尤为铿锵有力，像是给舞台盖章。曲罢，又指挥家般的在琴椅前鞠了个躬，接着又跳到第一排的椅子上，再次鞠了个躬。全场鸦雀无声，接着爆发出一阵复杂的反应。

Drama Queen 无误。莫小乔笑出了声。

唱完赞美诗后，大家纷纷赶着去超市囤食物。解释一下：周五是安息日，大多数超市和餐厅会在日落前关闭，因此周四下午往往是超市最忙的时候，得在落日前准备好周末两天的食物。

回到寝室，雪黎见叶琳娜正抱着一个巨大的西瓜，其他几位室友也在厨房忙碌着，为明天晚上的安息日晚餐做准备。

"雪黎，要不要一起吃？"。叶琳娜热情地问她。

"好哇！"她笑着答应，"我可以做几道中国菜。"

但转念一想，明儿一大早要参加之前报名的学校组织的一日游（ one day Trip ），晚上估计赶不回来，只能无奈说下次。

次日一大早，雪黎早早醒来，站在宿舍楼下等校车。耶路撒冷的夏日清晨带着微凉的风，吹得人精神清爽。她报的是古城一日游。虽然开学前已经独自去老城转过一圈，但这次有专业的考古学导游讲解，肯定能收获到更多。

满怀期待迫不及待地上了车，发现莫小乔也在，开心地坐到她旁边。莫小乔如往常一样，表情淡淡。

有人在身后拍了她一下，回头一看，居然是那位总是笑容满面的韩国牧师大叔，顿时觉得气氛一下子轻松了起来。

从宿舍到老城区大概半小时车程，雪黎刚准备跟莫小乔聊天，就见她拿起耳机听起音乐来。

"你在听什么？"雪黎问。

"你要听吗？"莫小乔反问。

"好啊。"莫小乔说着，取下左边的耳机递给雪黎。她接过耳机时内心有一股暖流。两个人共享一副耳机听一首歌，无论在什么场景都是很美好的。

耳机里缓缓流淌出一段低沉而略带疲惫的旋律，歌声中有种淡淡的忧伤……

Lili, take another walk out of your fake world

Please, put all the drugs out of your hand

You'll see that you can breathe without no back up

So it's time you got to understand

For every step in any walk Any town of any thought I'll be your guide

Lili,you know there's still a place for people like us

The same blood runs in every hand

You see it's not the wings that make the angel Just have to move the bats out of your head Don't become a ghost without no color

Cause you're the best paint life ever made

听着听着雪黎的眼泪流下来了，阳光下泪水晶莹。你可以不用依靠其他东西呼吸。"不是有翅膀才能成为天使，只要让脑海中的蝙蝠飞走。""There's still a place for people like us." 耳边传来这句歌词，雪黎忽然想起了母亲临终时的情景—癌细胞扩散到肺部，最终呼吸衰竭。她还记得，母亲在病床上一次次试图吸气却怎么也吸不进去的样子；那段日子，不知为何整座城市的空气都像凝固了一般令人窒息。她们住在明亮干净的高档公寓里，最后的一个月却突然多了很多蚊子。雪黎不停打蚊子，而母亲的呼吸一天天变弱。

那时她才真正意识到，肺是有多重要，呼吸有多珍贵。这个听起来再简单不过的生命常识，在亲眼见证死亡后才变得刻骨铭心。母亲去世后的一个星期她都没有哭，只是接连三个月都感到呼吸困难，爬两层楼梯就喘不上气。于是学会了习惯性用双臂抱紧自己，努力深呼吸，直到哭得一塌糊涂。

"你怎么了？"莫小乔看着默默流泪的雪黎。

"没事，就是这歌太好听了。"她边擦眼睛边笑着解释。出乎意料地，莫小乔伸手轻轻摸了摸她的头，说，"诗人就是多愁善感。"

"你怎么知道我写诗？"

"你朋友圈发的啊。"

"哦。"雪黎有点意外，没想到莫小乔有在看她的朋友圈。

"这是什么乐队？"

"AaRon，英国乐队，给你听他们另外一首歌，叫《Passengers》。"

Take my fingerprints and smile

This is the only thing That I will leave in here

The world goes too fast I walk away too slow

How could I contrast landscapes out of hope

I got to kill the killer that's inside

And I got to heal the healer that's inside

听到这里，莫小乔忽然轻声说："其实，我也很喜欢诗歌。"

"但每次朋友问我，我都会说自己喜欢小说。"莫小乔继续说着，嘴角挂着有点尴尬的笑。

"因为怕说喜欢诗歌会被朋友觉得你脑子有病？"雪黎半开玩笑地问，语气带着释然。

"可能吧。现在写诗的人少，喜欢的也少。"

"所以才更孤独呀，就更需要写诗。"

"我很喜欢一句话，" 莫小乔看着前方，慢慢地说："愿你被很多人爱，如果没有，愿你在孤独中学会宽容。"

"但其实，就算有人爱，也还是孤独的。" 雪黎叹息道，"这个世上没有同样的人，同样的灵魂。某些地方能共鸣，就很难得了。"

"不过这也是世界的美好，人都不一样，多精彩！"莫小乔的眼神里带着光。

"你说，人在孤独的时候，为什么会那么难受？"雪黎忽然问。

"可能和肚子饿是一个道理吧，远古基因遗留下的。"

"恩….是不是我们还是古猿的时候，必须团结在一起才能对抗猛兽，比如老虎、狮子，否则就容易被吃掉？"雪黎慢慢说着，"像我们喜欢吃脂肪厚的食物一样，然这种生存压力已经不存在了，但那种求生的本能还留在身体里，所以只要身边没有人，就会本能地难受？"

"你总结挺到位，哈哈。"莫小乔若有所思笑笑，"你是学什么的？"

"历史。"

"我之前暗恋很久的一个女生就是学历史的，在乔治·华盛顿大学。不过你别误会啊。"

"哦，不会不会。"雪黎轻轻笑了笑，"那学校挺不错的，国际关系，政治都很强。"

莫小乔一开始说"不要误会"，反倒让雪黎忍不住多想了一点。

"她还选修拉丁语。之前她学法语，我就去学法语，后来她学阿拉伯语，我也开始学阿拉伯语，结果最近问她学得怎么样了，她说阿拉伯语没意思，改学拉丁语了。"

雪黎听着，心里明白—喜欢一个人时，就会想靠近她，学她的语言，看她喜欢的书，听她喜欢的歌，哪怕只是分享一个共同的词汇，也好像拉近了点距离。但一路努力追赶，还是赶不上的话，总是会难过。不过，最后可能也无所谓了，因为某个人成了这样的人，跟那个人已经无关了。

终于到达老城。说到耶路撒冷老城，如今的耶路撒冷分为"新城"与"老城"，而老城被认定为现存的真正意义上的"耶路撒冷"，历史学家定义的耶路撒冷有三十多个，但大部分都埋在今天老城地底下。所以在耶路撒冷几乎不可能建地铁，一挖就是一个古迹，一铲就是圣经里的一段故事。因此，城市只好在地面上修轻轨。

她们随着队伍一起走到老城墙的雅法门（Jaffa Gate）。雅法门是一座宏伟的石拱门，犹太姑娘们穿着波希米亚风格的长裙，三五个零散坐着在石阶上拉小提琴，还有个小男孩，一边拉小提琴，一边从拱门上的台阶翻着三百六十五度的跟头跳下来—琴声欢快灵动，动作精巧敏锐，与古城融为一体。

耶路撒冷老城分为四个区域：阿拉伯区、犹太区、基督区和亚美尼亚区。能在圣地上争得一席之地的，都曾经历过血与火的洗礼。亚美尼亚区之所以能留存至今，是因为他们来得早，一直盘踞在此。

雪黎对亚美尼亚人不是很了解，问莫小乔："他们怎么也在这儿？"

莫小乔反问："你知道诺亚方舟吗？"

"当然。"

"传说中，诺亚方舟最终停靠的净土，是这个世界最后的纯净之地，那就是亚美尼亚。"

她们一路走着，莫小乔一路帮雪黎照相，雪黎摆了些希腊女神的造型，引起她们一旁的韩国大叔哈哈大笑。终于来到哭墙前，气氛顿时安静凝重起来。男女被分开，女生只能进女士祈祷区。而世界的时钟—据说与末日审判有关的神秘机械装置 —— 就设在女士区内。

一晃就到了午饭时间，篮球场旁有家很袖珍的小吃店，专卖 pita （三明治口袋饼），一行人排队买pita，刚出炉的pita饼酥软香脆，包裹着鲜嫩多汁的牛肉，咬一口肉香扑鼻。 她们坐在篮球场的台阶，边晒太阳边大口啃 pita，香极了。

下午四点，一行人返回宿舍楼。按照约定，雪黎先来到莫小乔宿舍， 取她珍藏的电影硬盘。莫小乔笑着说："都是这几年的经典电影，周末可拿它打发时间。"雪黎千恩万谢，抱着宝藏般回到自己宿舍。

回到房间，瘫软乏力，一头倒在床上，睡到晚上十点才醒。昏昏沉沉走到客厅，心想：自己莫不是有嗜睡症？客厅里只有叶琳娜一个人在收盘子。

"嗨，雪黎，错过了我们 shabbat dinner 哦，下周一定一起哦。"

雪黎点点头，帮叶琳娜一起收拾。

苏恩回来了，说刚和自己班上的同学聚会去了，承诺下周一定和大家在寝室吃安息日晚餐。

"今晚还有什么别的安排吗？"苏恩问。

"没有啦。"叶琳娜一边把盘子叠起来一边说，"这餐饭做下来大家都累了，都回房间休息了。安息日不能使用电器和手机，最好就看看书，早点睡觉。"

她语气温和，像个高中宿舍的宿管。收拾完碗碟后三人各自回房间。

不一会儿，雪黎收到苏恩发来的信息：

【想溜出去玩吗？😊】

【去哪呢？】她问

【去哭墙附近找个屋顶看星星？】

无语，她心想：这么浪漫苏恩也想得出来。

【太累了…..下午刚从哭墙回来。】

过了一会儿，她又忍不住发了一条：【要不要看电影？】

【想啊，在哪看？】

【我电脑里。朋友刚给我一个硬盘，都是她珍藏的经典电影。】

【不是不能用电器？】

【lol】

【那我去你房间看？】苏恩回了消息。

【Ok. 不过椅子不够，你得带一把过来。】

雪黎发完这句，犹豫了一秒。深夜邀请苏恩来房间看电影，似乎有些不妥。懒得想那么多了，心里淡淡一笑：看电影而已，又不是干嘛。

没一会儿，苏恩轻手轻脚搬着椅子走了进来，还是那件红黑条纹衬衫。他神情自然，却隐隐带着不安。雪黎穿一条 fleur du mal 的鸢尾花色睡衣，头发披散着，从抽屉翻出些零食，又泡了两杯热茶。苏恩看她弯腰翻东西时长发微扬，忽然有些局促不安，或许是害羞了。雪黎也注意到了他发呆的样子，心想，这人还挺可爱。

"硬盘里电影很多，想看哪部？"雪黎问，随手拿了条薄毯披在身上。看电影时她喜欢将全身缩在毯子里包裹起来。

苏恩翻了翻电影 list ，不禁感叹："这么多电影，你朋友真是文艺女青年啊！"

"怎么听着像骂人，哈哈。"雪黎笑出声。

"你多想了。"

"我们找部法国文艺电影？"

"Blue is the Warmest Color 这名字好听"苏恩说。

"好像听说过。"雪黎说着，把房间灯关上了。

电影开始了，两人静静盯着电脑屏幕，很快被剧情带入：一位内向又叛逆的高中生，迷茫、挣扎、追寻……当片中蓝头发的女孩轻轻吻上阿黛尔时，雪黎的心悸动了一下，为打破可能的尴尬，她轻声说："这好像是拉拉片耶，不喜欢我们可以换一部。""没事，我觉得挺有意思的。"苏恩笑着回应。

电影继续。片中有一位长辈对阿黛尔说："Love has no gender. Take whoever loves you."蓝头发女孩则说："We're born,We exist and define ourselves by our actions."雪黎轻叹：确实，人不用给性别下定义，试着把彼此看作超越性别、年龄、语言、国籍的灵魂体。"诶，话说，你…不会是拉拉吧？"苏恩看她陷入沉思，忽然问道。

"哈，不是拉，别拿性别定义我哦。"雪黎笑笑，喝了口茶，眼神透着一点调皮。这时，电影进入了长达十几分钟的激情戏。两人都沉默了，气氛变得有些微妙。雪黎能感到苏恩悄悄靠了过来，然后，一只手轻轻环住了她的腰。她身体僵了一下，一股电流从脚底蹿上头顶。她侧了侧身，用惶恐又带点期待的眼神扫了他一眼，旋即低下头，半闭上眼。

他便吻了过来。

她也开始搂住他的腰。

他便开始用手轻柔地抚摸她的腿，她感到腿部酥软，整个人几乎瘫软。但下一秒，意识突然占了上风——这样不对。她惊慌推开了他。

"怎么了？不喜欢吗？"苏恩贴在她耳边低声问，语气温柔。她的心跳猛地加快，轻轻摇了摇头，说："我有点困了。"

"要我抱你去床上吗？"他又问。

雪黎内心挣扎了一下，觉得这似乎不太妥，但也没拒绝。于是苏恩轻轻地将她横抱起来，小心翼翼地放在床上。自己坐在一旁，两人又对视了几秒。他弯下身，亲了亲她的额头说："那你好好睡吧，晚安。"他帮她合上电脑，起身轻轻尖门离开。

门"咔哒"一声合上后，雪黎猛地钻进被子，把整张脸埋进去，恨不得放声尖叫。又羞又懵。我这是恋爱了吗？还是…只是一个吻？

她又想，苏恩一定是个老司机，看上去斯文儒雅温柔阳光，肯定很多套路。才认识不到两星期就吻上了，一定有问题。但方才明明是雪黎邀请他来看电影的，电影也是在她硬盘里找的，会不会误会自己是故意勾引他？然后又装清纯？完了完了，这么想的话自己简直又是个绿茶。雪黎把脸埋得更深：完了完了，不想了，睡吧….

另一边，苏恩回到房间回想刚才的一幕，也不禁辗转难眠。脑子里反复回放刚才的场景。她到底怎么想的？刚才的吻….是她也想的吧？虽说是自己先主动，但她也回应了。

她是真的困了，还是不想继续？

他望着天花板，有点心乱。

第二天醒来已经是中午，雪黎穿着睡袍去洗手间准备洗漱，一推门发现苏恩正在刷牙。镜子中他们眼神对视了一下，她立刻心虚地移开视线，转身离开。

这时日本室友 Masako 正好路过，不知情况地笑着说："哇，你这件睡袍真好看，让我瞬间感觉来到了高级酒店。"雪黎尴尬地笑着说："谢谢。"

她一边回到房间一边摇头谈起，觉得还是要做点别的事转移注意力。"健身房，对，动起来会清醒。"听说学校 gym 周末也开门，她换好运动服后就前往学校去，出门前听见 Masako 问苏恩要不要一起吃brunch，苏恩说好。

今天天不算热，雪黎拿着地图找健身房。穿过图书馆，绕过几幢教学楼，不得不说，希伯来大学的建筑群简直像一个水泥迷宫。

经过历史系门口时，她忽然驻足：这就是《人类简史》的教授 Harari 教书的地方啊，真希望哪天能有机会见到他本人，和他聊一聊。。正想着，突然有些迷路，不确定是该往左转还是右转，这时从右边的楼里走出来一位亚洲男子，看上去肌肉健壮，像是常去健身房的样子。为了确保万无一失，雪黎用英文问："Excuse me, is gym this way？"

对方点点头："Yes, You're from California？"

雪黎愣了问："How do you know？"

男生指了指她的 T-shirt："It says on your shirt."

她低头一看，果然一T 恤上印着大大的 [University of California]

男生接着问："那你是中国人吗？"

"是的呢。" 雪黎用中文回答。

"我叫北辰。" 男生友好地伸出了手。

"我叫雪黎。"她握了握。

"你是来读硕士的吗？"

"不是，就来一个暑假，学希伯来语。"

"Cool，我在这里一年多了，是慈善管理的硕士。加个微信吧，遇到什么事可以问我。"

"好哇！"雪黎很开心，这里遇到的中国人普遍都好热情，不像在美国。进入健身房，她发现这里除了齐全的器械，还有桑拿和游泳池，设施比想象中好太多。做了差不多一小时的力量训练，正准备结束时看到 Grace 给自己发的信息：

【晚上要不要到我们寝室一起聚餐？】

她立刻恢复：【好😊】。

回到宿舍，雪黎换上条件舒服的白色长裙，又从冰箱里拿了个果盘，来到隔壁。大家都聚齐了：Grace、Alice、冥浩、光旭，还有那个学神学的韩国女生金。晚饭已准备好，光旭不知从哪里弄了个电饭煲，冥浩煎了盘香香的鸡翅，香味扑鼻。大家显然都饿了，顾不上寒暄，埋头吃了起来。

饭后，边吃水果边闲聊。Alice 突然提议："要不要玩真心话大冒险？"大家赞同。

没有可以用来转的酒瓶，决定用石头剪刀布来选出：倒霉蛋。第一个输的是 Alice，她选了真心话，

Grace 立刻凑上前笑嘻嘻问："你一共有几个男朋友？"大家哄笑。

Alice 面色淡定地说："交过三个女朋友。"

雪黎一愣，感觉有点小意外.自己的"拉拉雷达"竟然完全没察觉。她正悄悄打量着 Alice，结果对方正好回头看了她一眼，马上若无其事地转过头去。

接下来轮到雪黎输了，她也选了真心话， Alice 接过提问棒："我们在座的几个要选一个人 date ，你选谁？"

雪黎有点傻眼，在座的如果要选一个，光旭和冥浩显然不在考虑范围内，也不可能选韩国基督徒金…于是她居然"灵魂出窍"回答：" Alice 。"大家都笑说："你俩配对成功。"

其实 Alice 真的挺仙挺美：长发飘逸，身材高挑，穿着一条紧身碎花裙，美得自在又不张扬，是女孩子美好的样子。下一轮到冥浩，他选了大冒险。

Alice 笑说："你给大家劈个叉吧，听你说之前练过武术？"。大家都拍手叫好。雪黎想这下可新鲜了，自打小学毕业后，就没怎么见过人现场劈叉。大家顿时兴奋起来，五个人，十双眼睛齐刷刷盯着冥浩坐等他劈叉。

只见他起神色平静地站起身，气定神闲往地上一劈，动作干净利落，毫不费力。一桌人纷纷拿起手机一个劲拍，拍手叫绝。下一轮轮到光秒，Grace 出题："请拿起坐在你左边人的脚，轻轻闻。"大家要笑岔气了，光秒左边不就是冥浩吗。光秒说："这不行，这不行。我自罚吃三个鸡翅。"

游戏继续进行，几轮之后终于到韩国基督徒金接受惩罚。她选了真心话，而出题人还是最"毒辣"的 Alice，经典问题再现："你交过几个男朋友？"金一脸坦然："一个都没有，我们基督徒是不能恋爱的。"

众人一愣，不是只是不能有婚前性行为吗？恋爱的话总是可以的吧？不过话说回来，这年头要谈恋爱却不能有任何身体接触，确实难度挺高。Grace 接着问："那…你不觉得寂寞吗？"

金笑着说："不会啊，有上帝陪着我，他现身过几次，让我感到很幸福。"雪黎一惊。虽有点相信磁场灵性等概念，但始终是坚定的无神论者，实在无法明白"上帝现身"是啥情况。自从尼采说了那句著名的"上帝已死"，现代人便在信仰的废墟中寻找真理，寻找新价值—不论是金钱、权力、科技还是虚无。但如果真能如此纯粹地信仰一个神，或许也是件幸福的事吧。

大家出于礼貌也没有继续问金关于上帝现身的事。金又补充，有时也会碰到让她心动的男生，但也没有办法，只能和他们做朋友，说这话时她都不禁脸红，简直是位现代修女。

又轮到冥浩，这次选了真心话，出题人是雪黎，她捡 Grace 现成的好问题，问："在座的人里面选一个人 date 你会选谁？"冥浩突然神情变很严肃，陷入沉默，然后拼命开始吃葡萄— 一个接一个吃，像在拖延时间。

大家很纳闷，就一个轻松的游戏，他这么认真干吗？难道还真的要向谁表白？ Grace 忍不住起哄："哎呀，你就说吧，我们都等着呢！。" 他这才放下葡萄，轻咳了一下，定了定神，指向金： "她吧。"

全场一片惊呼，怪不得不敢说啊，原来是对"修女"有邪恶的想法。金也脸红地打趣说："谢谢，下次做韩国海鲜煎饼给你吃。"

愉快的第一周周末在和朋友的说说笑笑中过去了，雪黎觉得这个陌生城市忽然变得温暖而熟悉。回到自己宿舍，再见到苏恩时，她已不感到尴尬，两人像什么事都没发生，很自然地打着招呼。

第四篇　　流浪以及歌唱

　　新一周开始，雪黎继续保持早早起床，早早来到教室。Ariel 也在教室。自上次两人合唱特别有默契后，他们就成了朋友。

　　"看到新闻了吗？" Ariel 问。

　　"什么新闻？" 雪黎边放下包边问。

　　Ariel 拿出手机，指着一则新闻说："又有位巴勒斯坦青少年被杀。"

　　"What ？" 雪黎皱起眉头。

　　"这几个月约旦河西岸一直不太平。上个月有两位巴勒斯坦青少年在约旦河西岸被杀，紧接着又有三位以色列青少年被绑架撕票……现在，又有一名 16 岁的巴勒斯坦少年被绑走……"

　　"为什么双方都要把青少年当导火索…..。" 雪黎低声说。

"是啊，青少年很容易被极端分子洗脑，诱骗卷入冲突。" Ariel 神情凝重。

这不禁让雪黎想到在加州的一个朋友—热爱中国文化、正在学习中文的以色列少年奥慕尔。他曾说，自己作为土生土长的以色列人，每次回以色列，海关都会反复盘问，给他的通行卡片的末位数几乎每次都是5。这个通行卡片上的数字一般外国人不会注意到，看似不起眼，其实是用来标记安全等级的。末位数0～6代表着这个人的安全指数，数字越大戒备越高，6是最高戒备相当于恐怖分子，5就是相当可疑人物了。说明在以色列安全系统里，他被归类为"高度可疑"。

以色列海关大概是全世界最谨慎、安全戒备最森严的了，记得从加州到特拉维夫机场，刚下飞机也被盘问好久。雪黎想着。

"你有没有注意到学校门口的那个大圆盘景观带吗？" Ariel 突然转了话题。

"嗯，怎么了？"

"前两天突然冒烟，据说是被人故意放火了。"雪黎惊讶地瞪大眼，"那我们……安全吗？" Ariel 耸耸肩，语气平静却不无担忧："应该暂时是安全的…谁也说不准。"

关于以色列 1948 年建国后的各种冲突，雪黎之前历史课上学过不少。也曾花一个学期写过一篇关于苏伊士运河危机的论文，那个年代在她看来是冷战时期的"老黄历"，没想到这些历史并未远去，而是以各种形式时时刻刻影响着当下的生活。

双方的说法始终对立。看巴勒斯坦自 1948 年以来的地图，会发现其领土不断在缩小。也有说法是，很多土地是犹太人通过合法购买从阿拉伯人手里逐步获得的，并不是非法吞并。许多阿拉伯人拿到钱后移民美国，在新泽西州等地开了加油站。他们的后代又翻脸不认人，指责是犹太人"抢走了祖上的土地"。

雪黎认识不少在美国出生的犹太人，很多都支持巴勒斯坦。他们接受人文主义教育，对以色列建国后愈加极右的政治倾向感到不安，认为以色列政府的政策压迫性太强，有违公平正义。以色列建国后政治上确实是极右，大有"以强凌弱"的姿态。但同时她也接触过一些以色列出身，后来移民到美国，或去美国留学的同学，有些则极度右倾，坚定不移大举锡安主义（Zionism）大旗，坚称犹太人才是以色列地区的原住民，通过千百年的努力重返自己的家园，他们才是最需要保护的弱者。

雪黎渐渐意识到，以色列的问题早已不是犹太人和阿拉伯人之间的问题，不是"宗教冲突"或保护

"原住民权益"的问题。它更像是各国在中东地区利益角力的政治产物。从一开始作为英国在中东的政治棋子，到后来成为美国的前哨，以色列必然无法逃脱卷入更深层次地缘政治的命运……

受到新闻的影响，今天整堂希伯来语课的气氛都异常凝重。安娜老师试图让氛围轻松起来，开始讲的主题：以色列的基布兹（kibutz）。

基布兹，听起来像一只毛茸茸的小动物，其实是以色列特有的集体农庄合作社，它最初源于共产主义理念，却在中东阳光底下长成了一种特别的生活方式，在以色列非常普遍。里面的生活模式非常传统，有点像美国的阿米什人，信奉纯天然与极简主义，不使用电器，崇尚纯天然和极简生活。基布兹生产的有机蔬菜和奶制品是出了名的，听说在特拉维夫的超市里，只要标上"基布兹出品"，大家都会眼睛一亮。据说现在有很多印度尼西亚人也来到了基布兹工作生活。

安娜老师自己就是从小在基布兹生活。据她说，小时候甚至不认识自己的父母。基布兹宣扬集体共合制，所有的父母住一起，所有的孩子住一起，这样所有成年人对每个孩子都像亲生孩子一样一视同仁。

下午，学校果然发出紧急通知，要求所有人前往会议室开会。雪黎刚要动身，就听见莫小乔神经紧张地跑过来跟她说："在新闻里看到学校门口有个地方失火了。"雪黎点点头，脑中浮现出开学时 orientation 提到的那件事，2002 年有位暑期班的学生就埋在大树底下。那时她还觉得只是遥远的传说，甚至有点黑色幽默，没想才第二周，局势就开始动荡，内心不由得不安。

会议厅一片低声喧哗，议论纷纷。只见一位老师走上台，拿起话筒，示意大家安静。

"同学们好，"他沉稳开口，"大家可能也听说了，最近学校周边有些不太平。我想请大家保持冷静，不要惊慌，也不要掉以轻心。"

顿了顿，他继续说道："我知道，很多同学可能会觉得危险离自己很远，但安全从来不是理所当然。近期大家出门请务必留意周边环境，尤其要搞清楚所在区域的防空室在哪。学校这边，宿舍区每个套间都配有一间防空安全室，教学楼的地下室也是指定的避难区域。我们接下来也会安排一次防空演习，请大家配合。"

老师又补充道："学校周围的安保体系还是很严密的，我们也会密切关注事态发展，如有任何变化，一有新消息会通知各班。好的，就说这么多了。"

放学后，雪黎一人穿过学校门口的大圆盘，顺着熟悉的小路穿过那片每天都会经过的英军墓地，回到寝室。虽然嘴上不说，完全不担心是不可能的。只是看着周围的老师和同学们都表现得镇定自若，自己的紧张感也随之缓和了一些。

回到寝室，整理出一袋需要清洗的衣物，来到洗衣房。洗衣房一直是个让她感到安全、温暖的地方，洗衣房的味道总是香喷喷、暖烘烘的。衣服洗好甩干后，像新鲜出炉的面包，一把抱起特别美好踏实。

洗衣房门口总坐着几只慵懒的波斯猫，毛色柔顺、神情悠哉。有个男生在逗其中一只猫玩，定睛一看原来是冥浩。冥浩见她走进，朝她笑了笑，雪黎语速很快地问："你也来洗衣服啊？"

"是啊，还在甩干。" 冥浩回答说。雪黎径直走进洗衣房，把衣物一件件拿出来，扔进卷筒里，又拿出清洁剂小球扔进去。等她出来时，冥浩还在长椅上和猫咪玩耍。他正拿着一根树枝，轻轻逗弄着猫咪的爪子。雪黎也走过去蹲下身子，凑上去挠猫咪的下巴。

冥浩忽然停下来，问雪黎："你觉不觉得，有时候人还不如做一只猫？" 雪黎先一愣，忍不住想：真是个 emo 的文艺青年。她抱起那只猫咪也坐下："是啊，人多辛苦。但猫说不定也很辛苦，你不是猫，怎么知道猫的难处？"冥浩笑了笑说："也是，人们都会羡慕看上去的美好，却不知道各有各的艰难。"

雪黎顺势问他："那你喜欢猫的什么？"

冥浩说："我觉得猫很灵敏，有洞察力，又能假装乖巧。而且他们也不会被语言伤害。"

雪黎点点头："人类大概是唯一语言体系如此发达的物种了。总被语言欺骗和伤害。"

冥浩请谈："语言能表达的情感是有限的。就像我和前女友吵架后，就想变成一只小猫，安静待在她身边，这样不会再被误会。"

"啊……听起来辛苦的。"雪黎说着，感觉冥浩似乎有很多情绪需要请速。片刻沉默后，冥浩突然问："听说你写诗？"

"啊？是呢。"雪黎一愣，点点头。

"我前女友也写诗。"冥浩说，"你是为什么写？"

雪黎想了想："就喜欢写吧。写诗对我来说，是表达，也是对现实的某种抗争吧。"

冥浩认真想了想又问："你觉得人类苦痛的根源是什么？"

"嗯……这个问题好深奥"雪黎望着远处，缓缓答道，"是无意义吧。"

冥浩说："意义是需要自己给的。"

"是的，但现在选择太多了，大多数人不知道要什么好。"雪黎说。

冥浩笑了笑："你看像金那样的女生，她的意义就很明确，信上帝。"

"嗯，可我做不到。我是无神论者。"雪黎轻轻摇头："一旦我选择了这个上帝，就等于放弃了其它可能。我没办法说服自己那么绝对。那些宗教冲突，不也是这样开始的吗？执念。"

"你说的对。"冥浩翔了想，"但那是对个体来说。对群体而言，宗教又有不同意义。"

"是的。"雪黎接着说，"可能是政治的，文化的。但凡一个体系要证明自己绝对正确去消灭另一个，就一定会引起不和谐。我不喜欢那种非此即彼的东西。"

"可是不和谐是无法避免的。"冥浩说，"人类文明本身就是建立在野蛮和冲突之上的。没有战争，也不会有所谓'进步'。"

"所以我不喜欢'进步'这个词"。雪黎轻轻叹了口气说，"当然，我们比人吃人的原始社会已经有了很大进步了。这个'进步'总是好的。"

她突然又说："我也没必要去苛求其他人跟我一样，一定要抗争。如果能很开心的信一个东西，毫无置疑死心塌地的，肯定是很幸福的事吧。无论是相信某个宗教也好，某种进步也好，只要不走极端，不互相伤害。"

冥浩说："这让我想起曾经一个朋友 Koi 说过的话，邪教与艺术最大的区别是，邪教能让人很开心，艺术并不能。。。哈哈哈。"

雪黎无奈摇摇头笑了："有道理，艺术让人思考，邪教给人终极答案了，完全不用焦虑，还有一群信众陪着。。但，不对。人毕竟不是麻痹的，总是会怀疑吧。"

冥浩说："Anyway，当笑话听，确实别想太多了，人类能走到今天，已经很好了。"

雪黎点点头："是呢。"

"也许，一切终有个结局，也未可知。"

"什么样的结局？像恐龙一样吗？哈哈。"

冥浩耸耸肩："不知道，或许是外太空之类的，不是说亚利桑那州的塞多纳，已经发现了漩涡，外星人可以从那出入？"

雪黎笑笑："哈哈，是有朋友去过，说亲眼见到外星飞碟。或许以后我们都可以自由星际穿梭。"忽然她又顿了顿，"还有位物理博士朋友说，我们其实都是宇宙的燃料，会不断燃烧自己，卷着，想停下来也不大可能。因为一旦停下，就会觉得没有价值。所以我们出生时的设定，大概就是燃料。。" 冥浩若有所思："哦，听过有种说法是，我们是大自然的试验品。"

"唉，也只能继续做这个实验吧。"雪黎说，"我们的生活，本身也是一场社会试验，比如现在。"

"你现在倒说得很超脱。"

"我也就讨论问题时比较超脱，平时一团乱。"

冥浩忽然转了个弯问："那你怎么看待爱？"

"不好说。可能是解药。你怎么看？"

"不懂。所以才问你。"他看了眼甩干的洗衣机，"我的衣服大概洗好了，回头聊。"

"好啊。"

难得和同学聊这么多，感到一阵微光落入黑夜。叠好衣服回到寝室，开始写作业，背希伯来语单词—比英文单词难多了。

忽然手机一震，是莫小乔发来的短信：想不想去卖唱？

雪黎差点叫出声来：Of course！

她立刻回：怎么卖？去哪卖？

莫小乔回：就知道你感兴趣，Yehuda 大道，市中心那条步行街，很多卖唱艺人。我室友有台音箱可以借我们。雪黎更激动了：好啊，什么时候卖？

今晚 7 点？

Ok！

一拍即合，就这么火速决定了。

她立刻开始找晚上的伴奏曲目，想着要不要喊苏恩一起。不知为何，她特别希望他能来看自己唱歌，但直接邀请又太刻意。她发了条朋友圈：【今晚要去 Yehuda 大道卖唱，欢迎在耶路撒冷的朋友围观打赏】其实，她朋友圈里在耶路撒冷的"朋友"，无非就是苏恩和隔壁寝室的那几位。

出乎意料，上次在健身房前偶遇的男生北辰看到朋友圈后发来消息："你要去卖唱？在哪？几点？"雪黎如实相告，北辰回复得干脆："那我来围观。"

傍晚六点半，雪黎准时站在莫小乔宿舍楼下等她。只见她气喘吁吁抱着一个巨大的音箱朝她走来，脚步沉重。

"你室友不来？"雪黎问。

"不来。"莫小乔笑了笑，"我室友也是位奇人。之前心血来潮想卖唱，虽然五音不全，还是买了个卖唱专用音箱，结果搁家里吃灰快一个月了。卖不掉，也唱不了，听说你有兴趣，就说让我拿出来给你玩玩，但自己不想来。"两人从学校后门打了辆出租车，就出发了，驶向耶路撒冷的现代心脏—Mamilla Mall 和 Ben Yehuda 步行街的新城。尽管"圣地"在老城，真正的都市律动却在新城跳跃。

Mamilla Mall 位于雅法门西北，耗资四亿美金打造，耶路撒冷唯一的高档露天购物中心，像缩小版的纽约第五大道，上百家奢侈品店、餐厅和精致咖啡馆。雪黎最爱逛的是 Michal Negrin，由以色列设计师 Michal Negrin 打造，将蕾丝、丝缎与珠链交织，与各种材质混搭，将波西米亚的自由和欧洲童话的浪漫揉进布料里，每一件都很梦幻。

Mamilla Mall 的尽头就是 Ben Yehuda 大道。Ben Yehuda 大道大概是以"现代希伯来语之父"Eliezer Ben Yehuda 命名的。他生于 1858 年的白俄罗斯，后来搬到耶路撒冷，在当年还没有犹太人说现代希伯来语的情况下，一人挑起了复兴大任，编写了第一本现代希伯来语字典，甚至强迫儿子只能说这种语言，又创编了第一份现代希伯来语报纸，建立了第一所现代希伯来语学校，一步步把这门古老语言带回人们的日常生活。创造传奇的人总需要不一样的脑回路与坚定的信念。

Ben Yehuda 街道宽阔洁净，石板路延绵，小杂货店与迷你画廊、纪念品摊、甜点店拥挤在一起。街头艺人们在黄昏的街灯下排开：弹吉他的东正教犹太老先生，拉小提琴的俄罗斯女子，跳舞的韩国基督徒女团……不同的信仰、背景与旋律在这条街上碰撞，就像这座城。一切都那么特别却又融洽。

出租车停在一个路口，司机回头说："步行街禁车，你们得自己上去了。"

两人下车后，才真正看清前方的"征程"：一条长长的坡道沿着山路蜿蜒而上，直通步行街。耶路撒冷从不吝啬它的高低起伏，这里不论是地形，还是历史，永远起伏跌宕。

她们费力地搬下沉重地音箱，雪黎在前拖，莫小乔在后推，两人走了不到十步，已气喘吁吁。"想卖个唱，还真不容易。"雪黎边喘边笑。

小坡两边都是低矮石墙与盛开的紫色花藤，月光点点坠落别有一番幽静。终于爬上坡，两人坐在音箱上休息片刻。夜风穿过树叶，带来些许凉意。稍作休整后，继续往前走，穿过 Mamilla Mall，从地下一层搭电梯来到露天步行街。

露天广场上布满细碎的灯，两侧的商铺带着浓浓的异域风情，精致得仿佛童话小镇。街头早已聚满各类艺人—戴大黑圆帽、留着俩条麻花小辫的犹太男子正深情地吉他弹唱，不远处，一个包着头巾、面容清秀的东欧犹太人模样女孩，正欢快地拉着小提琴，琴声在夜色中轻盈跳跃。

雪黎看着，低声问莫小乔："在这卖唱，会不会太卷？"

莫小乔笑了："你还真指望靠卖唱赚钱啊？不过这里人是有点多。"

两人又拖着沉甸甸的音箱，在石板路上缓慢前行。直到找到一片较为开阔的区域，才终于停下脚步，在一棵树下安顿下，筑巢搭寨。

雪黎清了清嗓子，整理好衣衫。她穿一条黑色短裙，披一件轻柔地紫色披肩，像月色中站起来的一株无名树。莫小乔则忙着连接麦克风、调试音响，打开乌克丽丽琴盒，摆在地上当作打赏箱，一切准备就绪，准备营业了。

雪黎提前准备了十几首歌，大多为较为柔情的英文小曲。忧伤的小情歌与耶路撒冷淡淡的月色、柔柔的轻风相得益彰。之前三番公园的一次简短卖唱经验告诉雪黎，千万不能选摇滚曲目，尤其是对非专业歌手来说，很容易扑街。

伴奏响起—

Cream-colored ponies and crisp apple strudels
Doorbells and sleigh bells and schnitzel with noodles These
are a few of my favorite things

Girls in white dresses with blue satin sashes
Snowflakes that stay on my nose and eyelashes These are a
few of my favorite things

These are a few of my favorite things

Wild geese that fly with the moon on their wings
Silver-white winters that melt into springs

　　她唱的是成立于前南斯拉夫，如今斯洛文尼亚的 Laibach 乐队的歌曲 my favorite things。作为欧洲老牌摇滚乐队，Laibach 是第一个被邀请去朝鲜平壤表演的，当时在欧洲舆论掀起巨浪。但在雪黎看来，这是一个没有失去理想，又很温暖的乐队，不是只有愤怒与咆哮。

　　此刻，她的歌声穿过夏夜微凉的空气，与耶路撒冷淡淡的月色和风中的星辰一同流淌，成为这座城市呼吸的一部分。

　　附近的行人渐渐被歌声吸引聚拢过来，有一对情侣听着歌不由自主地翩翩起舞。或许是觉得新鲜，路过的人开始陆续往琴盒里投下硬币，叮叮咚咚的声响像是为她伴奏的清脆和弦。

　　这时忽然有人塞了一张略大的纸币，雪黎抬头一看，竟然是北辰。他朝她轻轻一笑，她也带着微笑点点头。

　　紧接着她唱起了更流行一些的《Skinny Love》，低吟浅唱中，跳舞的情侣多了起来，广场成了轻盈夜色中的舞台。风吹动紫色披肩，星光与灯火交织，她的歌声在夜空中游走，如同旧日的梦。

当她唱到阿妹的《人质》时，一位犹太小哥走向前，惊喜地说这首歌他知道，之前在上海工作时常听到。雪黎笑着点头，继续唱下去。

一唱就是两小时，嗓子已有些发紧，脚下也隐隐发酸。和莫小乔示意，可以收摊了。两人正准备收拾设备，这时有三个年轻以色列小伙匆匆走来拦住她们说，他们刚到，没听见她唱歌能不能继续唱。

"有点晚了，我们准备回去了。"雪黎微笑着解释。

其中一位小伙有些急切："我们真的很想听你唱。"

莫小乔也笑着补充："抱歉，她刚才唱了两个多小时了，实在是需要休息了。"

该小伙不依不饶说："我可以出更多的钱。"

这让雪黎有些尴尬，不知道如何回应。莫小乔耐心解释说："你们可以下次来，之后我们还会来。"

小伙继续问："是同一时间同一地点吗？"

雪黎点点头说："应该是。"

"那你们能不能告诉我确切的时间？我一定会来！"他几乎像是怕错过什么。

这时，北辰走过来，用流利的希伯来语说："她们都是希伯来大学的学生，不是专职卖唱的，想听歌的话有缘再见。"三位小伙悻悻散去。

夜色温柔地裹住这片露天舞台，空气中还回荡着她最后一首歌的尾音。雪黎感到这次卖唱十分圆满，唯一遗憾，是苏恩没有出现。

她想起自己小时候也曾天真幻想过，以卖唱为生，浪迹天涯。如今真正体验过才明白，那会是多么辛苦的事。正当她低头准备收拾音箱，想要还要把这么沉的音箱顺原路带回去顿感乏力。北辰这时说他是开车过来的，可以带她们回去。

四人一同把音箱沿着来时的小山坡缓缓拖下去，小山坡在夜色中显得更加悠长。北辰再去 Mamilla Mall 的停车场把车开过来接她们。柔和的路灯下，他们的影子交错着拉长，宛如刚经历完一场秘密而轻盈的冒险。

回到宿舍时，雪黎已累瘫，一推门，便见苏恩在客厅，和别人视频，屏幕的蓝光在他脸上闪动。他抬头看见她，轻声说了句："回来了啊。"

"嗯。"她应了声，拖着步子往房间走。苏恩对着她的背影问："卖唱怎么样？"她顿住，转过头看他一眼，淡淡地笑了下："还行。"

苏恩像是觉得需要解释什么，赶紧说："我明天有个作业 due，没有写完，所以没去成。"

一句平常的解释却让雪黎心里泛起细细的暖意—原来他还是会在意自己的一举一动的。

她轻轻点了点头，语气也柔了下来："那你加油写。"

苏恩笑着说："改天我再请你吃好吃的吧，补偿一下。"

她有些意外，轻声回应说："好啊。"

回到房间，她脱下披肩，坐在床沿，灯光在发梢晕开柔光。又开始多想，不知为何，脑海里仍停留在刚才他那句"改天请吃饭"上。又忍不住开始胡思乱想：他刚才在和谁视频呢？有瞥一眼好像是位英国姑娘，难道他有女朋友？还是……

想到这她又摇摇头，努力驱散那些不必要的猜测。

第五篇　　死海沉卷

在紧张又松弛的气氛里，又过了一周。周末，雪黎报名参加了学校组织的另一个短途旅行—"耶路撒冷跳蚤市场＋博物馆一日游"。

周五一大早，她就早早来到巴士站等校车，远远看见冥浩、金、Alice 和 Grace 也在，顿时心情明亮起来："你们也报名了啊？""是啊，这次行程安排挺丰富的。" Grace 笑着回应。

Alice 一边低头看手机，一边抬眼对雪黎说："听说你昨晚去卖唱了？"雪黎不好意思地笑笑："哈哈，是的。""冥浩录了好多视频哦，"Alice 接着说："你唱得特别好，早知道我们都去捧场啊。"

雪黎小惊讶了一下，冥浩什么时候来过了？都没看到。冥浩没有说话，只是冲她点点头。

大家都陆续上了车，金和雪黎坐一排。车子缓缓驶出校园，阳光透过车窗斑驳地洒在座位上，路上雪黎掏出耳机，很自然地问金："要一起听吗？""好呀。"金接过耳机，声音温柔，"虽然自己平时不听流行歌，不过音乐确实是美好的东西。人们在唱歌时，上帝会感到喜悦。"

　　雪黎一时不知该如何回应，只是点了点头，望向窗外的耶路撒冷。下车后，跳蚤市场的热闹扑面而来。琳琅满目的小挂件、土耳其香料、中东甜点铺子沿街排开，空气中混合着甜与辛的气味。雪黎瞥见摊位上一盒盒粉色、绿色的 Turkish Delight，立刻想起《雪之女王》里那个令人欲罢不能的魔法甜点。

　　记得第一次在美国吃 Turkish delight 时觉得特别难吃，而后在伊斯坦布尔却尝到了如丝般柔软、果香浓郁的正宗版本，才对它改观。这让她对耶路撒冷的 Turkish delight 充满期待与好奇。

　　她还注意到市场里成筐的无花果，颜色饱满，仿佛是阳光凝结而成。无花果也是耶路撒冷的一大特色----传说伊甸园开满的不是亚当和夏娃偷吃的苹果，而是无花果。也许，所谓的"禁果"也只是误解的诗意。

　　逛着逛着，该吃中饭了，跳蚤市场附近有很多家特色小餐厅。一位男生提议去吃附近特别有名的一家黎巴嫩餐厅，说它登上过多次《耶路撒冷邮报》，相当于纽约的餐厅上过《纽约时报》，在当地极有口碑。"听说黎巴嫩菜是中东菜系里最受欢迎的，很多米其林三星餐厅也都是黎巴嫩菜系。"这位男生说。

雪黎还是第一次尝黎巴嫩菜，顿时也被勾起了兴趣。坐下点菜时，她脑海里又不禁想到黎巴嫩与法国的联系：黎巴嫩这片土地的历史可追溯到公元前1000年的腓尼基文明，当年腓尼基人曾建立迦太基王国，由于地理位置非常优越，处在亚欧非三大洲的战略要道上是兵家必争之地，迦太基王国衰落后，先后被埃及、亚述、巴比伦、罗马帝国、阿拉伯帝国和奥斯曼帝国统治。

奥斯曼帝国统治时期，黎巴嫩开始受法国的渗透。黎巴嫩当地有大量基督徒属于马龙教派，该教派与法国的天主教都效忠罗马教皇，二者在宗教上算兄弟。1861年，法国以此为借口向奥斯曼土耳其开战，第二年由法国牵头，英、奥、普、俄四国围观下，贝鲁特省被迫分割出一个黎巴嫩自治区，该区域一直维持到一战前，当地基督徒占80%以上。法国在当地建立了大量法语学校发扬法兰西文化，因此法语也成了黎巴嫩当地的主要语言，培养了大量虔诚的精神法国人。到一战结束，站错队的奥斯曼帝国被英、法、俄瓜分，黎巴嫩根据代管条例很自然地被划归了法国管辖。1920 年，法军进入黎巴嫩后被当地基督徒誉为解放者。雪黎每次读到一战、二战的历史总会感叹，有些统治被认为是解放，有些解放被看作统治，说到底解放和统治是对立统一的吧。

这家黎巴嫩餐厅的服务员非常热情，大家点完菜开始聊天，聊着聊着说起中国菜，一位来自南非的同学说，自己特别爱南非自己家附近的一家中餐，实在是太好吃了，但一问菜名，似乎也说不清楚，说了也是雪黎听不大懂的，类似美国的酸橙炸鸡和左宗棠鸡。

饭后，大家来到大名鼎鼎的以色列国家博物馆。那建筑宛如外星飞船降落在地中海的光影中，走近看又似一只巨大的陶瓷罐，顶部呈瓶颈状，四周拱出，被一圈喷泉轻柔地环绕。

走进博物馆大厅，3D 投影里呈现着红艳的西瓜，艺术家宣言里中写道：西瓜的红色代表过往的血腥与暴力，如今也代表着对和平与美好的憧憬。看馆藏介绍，这里把从古至今犹太人几千年的历史全部收纳其中，从死海沉卷到奥斯威辛集中营，从最古老的圣经到以色列现代艺术。无数断裂与重建的时空在眼前交织。

来到博物馆名为 Genizah גניזה的展区，Genizah 可以译为【书冢】，原意是"藏匿、存放"。关于这个传统，在希伯来语课上安娜老师也有提起。犹太人对书籍，对书面文字有一种近乎宗教的崇拜，从历史早期就习惯把伟大的神谕与故事记录在泥板、莎草纸、羊皮纸上，代代相传，使得犹太人有一个很好的文本历史传承。这点与中国文化有相似之处。他们相信文字有灵魂，不允许被随意焚毁、扔弃或其他任何形式的毁坏。若一本书不再被阅读，不是丢弃，而是埋葬，做成书冢。Genizah，正是这些书籍的归宿。

随后，大家来到了二战大屠杀纪念馆。三百六十五度的拱形墙面上，挂满二战时在集中营丧生的犹太人的黑白照片。雪黎想起当年去柏林时也匆匆到访过二战大屠杀纪念馆，忘不了纪念馆地下一层的装置艺术展：钢铁雕刻出无数张人脸，密密铺满地面，每张面孔上都有三个大窟窿，表情狰狞，游客踩上去便响起空洞、鬼魅般的回音，仿佛无数冤魂在诉说。另一处，斜立着无数倾斜15度的柱子，人在其间穿行便会晕眩不安，体会那令人窒息的时代。她还记得在纪念馆的互动区输入自己的姓名，电脑会帮你打印出来你的希伯来语名字，雪黎打出来的希伯来语名是שרי，这让她印象深刻。

来到死海沉卷前，冥浩悄然站到她身侧。两人一起凝视着传说中的圣卷，颇为心惊。死海古卷可谓上古神卷，可追溯到公元前三世纪到公元一世纪，大约有两千多年的历史，后失传多年，直到近代。1947年至 1956 年之间，在位于死海西北岸的 Khirbet Qumran（库姆兰山洞）附近的十一个洞穴中发现。卷轴大多以希伯来语书写，少数为阿拉米语或希腊语，除少数纸莎草纸外，大多材质皆为羊皮纸。

大多数卷轴已碎裂成片，只有极少数保存完好。尽管如此，学者们还是设法从这些碎片中重建了大约950 种不同长度的不同版本手稿。手稿分三大类：圣经、伪经和宗派。它们如同跨越千年的低语，沉默地诉说着一群人对神圣、秩序与世界终局的渴望。雪黎望着它们，忽觉自己正站在时间的断崖边缘，远古的呼吸与眼前的卷轴轻轻碰撞。

圣经手稿包括约两百本希伯来圣经书，代表世界上圣经文本的最早证据。伪经手稿（犹太圣经正典中未包括的作品）是以前仅通过翻译为人所知的作品，或者是完全不为人知的作品。宗派手稿反映了各种各样的文学体裁：圣经评论、宗教法律著作、礼拜文书和世界末日著作。大多数学者认为，古卷构成了居住在库姆兰的该教派的图书馆。但是，该教派的成员似乎只写了部分经卷，其余部分是在其他地方作文或复制的。

总之，雪黎又一次被古老的力量深深吸引了。她站在死海古卷前，久久凝视，只是盯着看半天，也看不出个所以然。冥浩凑过来说："好像有个解说电影，要不要去看？"

两人来到小型放映厅。前排有很多家长带着孩子，热热闹闹等着放映。两人找了个安静的角落坐下。电影开始了 — 镜头从一个小朋友的视角缓缓展开：小男孩随着家人来到以色列博物馆，和所有游客一样，被那一卷卷死海沉卷吸引。就在他好奇凝视时，光影一转，他仿佛穿越时空，忽然就穿越到1947 年以色列建国之前的贝都因沙漠，目睹了一场历史奇迹。

画面中，一位牧羊人偶然闯入死海西北岸的库姆兰洞穴，在昏暗的岩壁间发现了几个古老的陶罐。罐盖开启，卷卷卷轴静静躺在尘土之中。彼时无人知道它们的来历，只觉神秘而庄严。得到消息后，当时希伯来大学的考古学家舒克贝克（E.L.Sukenik）马上以希伯来大学的名义购买了三卷拿来研究，其它四卷则被当时东耶路撒冷的叙利亚东正教大都会教堂的塞缪尔（Samuel）买走。1948 年，塞缪尔（Samuel）将他拥有的四卷秘密走带往美国。考古学家经过多年才认定这些卷轴就是传说中的死海沉卷。这四卷漂到美国的卷轴在古董市场沉浮多年，直到 1954 年，才被以色列考古学家重新带回以色列。

电影的最后，一群考古学家成立了探险队，踏入风沙弥漫的库姆兰，在贝都因人洞穴深处发现了大约950种不同的古卷及其碎片。他们静静整理、抄录、拼合，就像在修复一颗遥远星球的记忆。

银幕渐暗，灯光亮起。冥浩和雪黎长舒一口气，仿佛也跟随电影那个孩子和死海沉卷穿越了一圈回到了现代。走出放映厅，正巧撞见北辰。问北辰怎么也来了，他微笑说："周末有空就来博物馆看看。这里很适合做冥想。"

三人便一同在博物馆里游荡，聊起北辰为何要来以色列学慈善管理。北辰说起自己年少时经历过的一段劫后余生的经历。那次经历彻底改变了他，之后便找到了人生理想——帮助他人，一旦帮助到了他人就感到内心真挚的喜悦。

雪黎若有所思地点点头，她认为利他主义的本质还是利己。冥浩看了她一眼打趣道："我知道你这个人肯定就是不爱帮助人的，要向人家多学习学习。"雪黎白了他一眼。冥浩又对北辰说："《自私的基因》里面说基因都是自私的，你这么无私真的很伟大。"

几人说笑着，不知不觉走进了现代艺术馆。馆里的灯光装置闪烁，镜面、光带、霓虹让人眼花缭乱。

现代艺术馆有两层，下到地下一层发现 Alice 和 Grace 也在。

几人商量下，发现时间也不早了，一起往出口方向走去。学校的巴士已按时停在博物馆外，载着他们缓缓驶回。巴士上大家商量着晚上的安息日晚餐如何解决。冥浩提议："要不要回宿舍一起做饭？过个安息日。" Alice 转头问雪黎："要不要来我们寝室一起过？"

雪黎想起自己上周就答应俄罗斯室友叶琳娜参加"国际安息日晚餐"，便略带歉意推脱道："上周已经错过自己寝室的安息日晚餐了，这周答应好了，还得早点回去做几道菜，室友们想吃'多元文化'口味。" Alice 笑着打趣："哟，你会做菜吗？"

雪黎顿了顿有些发虚地说："不是很会耶，怎么办？"

正说着，北辰忽然插话说他可以去做饭，刚好他宿舍里还有些中餐食材。雪黎欣喜地问："真的吗？"

"当然，你们寝室欢迎吗？"

她连忙掏出手机给叶琳娜发简讯，问是否可以带位中国朋友一起参加晚餐，叶琳娜回复了个"Welcome"就这么愉快地决定了。

回寝室后，雪黎见室友们都到齐了，正准备饭菜。叶琳娜正往烤箱里放面包，Matthew 在小心地搅拌意大利面酱汁，Masako 在附身专注卷寿司。连上次被雪黎不小心撞到的意大利姑娘也在厨房忙碌着，朝雪黎微笑，算是正式打过招呼了。

苏恩从房间里走出来，手里拎着个塑料袋："我刚在耶路撒冷一家港式餐厅打包了一份叉烧包。"

雪黎惊讶地用中文问："叉烧包不是包的猪肉？"

"对哦…"他顿了下，"但这边的叉烧包估计是用别的肉？"

"你要不要先尝一尝？"

两人小声交谈，叶琳娜一旁打趣问："你们在偷偷讲什么呢？中国菜准备好了？"

雪黎笑着摆摆手说："没事，放心，一会儿我的那个中国大厨朋友要来。"北辰果然火速赶来，介绍了一番后训练有素地拿出食材：有番茄、土豆和芥蓝，他笑着问："你家冰箱有鸡蛋吗？"雪黎立刻从冰箱里取出自己上周买的一盒完好的鸡蛋。"在这！"

"那我就做一些简单的家常菜。"他卷起袖子，动作熟练。雪黎开心点点头说好，问："需要我帮忙吗？""不用，真的很简单。"

她便乖乖退到一旁。苏恩看雪黎对北辰热情的样子实在是很不舒服，一声不吭把自己买的那袋叉烧包放回冰箱，开始夸 Masako 做的手卷好看"像艺术品"。

　　不一会儿，几道色香味俱全的中餐也出锅了，厨房里弥漫起熟悉又温暖的气息。饭菜上桌，叶琳娜开始主持安息日晚餐的仪式。

　　她站在桌前，神情庄重却不失柔和地介绍道："Shabbat，安息日，顾名思义是好好休息的意思，大家要停止一切工作，不使用电器，不按电梯按钮……连灯都不能开。真正的 Shabbat，是和时间和自己和解。"确实，很认真过安息日的人会停止使用电器，电梯都不能按，有些专门针对安息日设计的电梯会在每层自动停。介绍完毕后，叶琳娜宣布自己将充当今晚的"Rabbi"，说完叶琳娜开始唱起希伯来语圣歌，让大家跟着她一顿乱唱。

　　接着她用希伯来语做祷告。祷告完毕，邀请男生们上前一步吹蜡烛。第三个步骤：洗手—"每个人要来洗手池洗净双手，带着洁净的心用晚餐。"叶琳娜说着。大家排好队一个一个上前洗手，像一场悠然的小仪式。洗手也颇有讲究，一定要用杯子接水，左手持杯为右手净，再换右手洗左手。动作虔敬，像某种隐秘的仪式。等每个人都洗好手后就可以入座了。

叶琳娜的男朋友普希金站起，微笑着开始给大家介绍该如何正确开始用晚餐。他取出一瓶果酒，倒入一个大杯子里。先自己轻啜一口，再将杯子顺时针传递，每人象征性地啜饮一口，像是把某种祝福从一个灵魂传递到另一个灵魂。轮到苏恩时，他轻轻抿了一口，将酒杯递给坐在身侧的雪黎，她接过时不自觉抬眼看了他一下啊，两人都没说话。最后辈子传回到叶琳娜，她仰头一饮而尽，举杯致意。

接下来是 Halal 面包登场，犹太的传统面包，早上在跳蚤市场也见过，软软蓬蓬一看就十分可口。普希金扯下一小块，蘸着盐送入口中，按方才的顺序依次传下去。每人都撕下一小块，蘸盐咀嚼，面包在口中化开，像是与千年传统的亲密接触。吃面包的流程结束后，仪式算完成了，这顿跨文化盛宴正式开始。

北辰掌勺的三道菜简洁却惊艳：清炒土豆丝、西红柿炒鸡蛋，还有西红柿芥蓝。一道道热气腾腾、色彩明亮的家常菜端上桌，瞬间点燃了众人的食欲。

叶琳娜尝了一口土豆，连声称赞："真的太好吃了，还是第一次吃到这种做法。"想来土豆在俄罗斯是常吃的食物，但一般都是整块炖或做成土豆泥，这样切条清炒还是新鲜的。Matthew 用他带点东北口音的中文问："那个是西红柿炒鸡蛋？"北辰惊讶地问他怎么会说中文，Matthew 又把自己在中国的经历讲了一遍，大家也跟着又听一遍。

普希金说："这个西红柿炒鸡蛋和 shakshuka 很像啊，但味道却完全不一样。"雪黎也夸："这是我最爱吃的一道菜了，配米饭特别香。"北辰颇有成就感地笑笑。西红柿炒芥蓝也甚是好吃，芥蓝渗透了西红柿酱汁尤为入味，大家都对简单的中国菜感到心服口服。连向来挑剔的 Masako 都频频点头。Masako 做的是黄瓜手卷，简单可口，大家也一抢而空。雪黎用自己有限的日语夸了句："大好き！"吃到这儿，大家已经饱了，但这还没完，叶琳娜随后端出金黄酥香的烤鸡翅，普希金也捧出炖得软烂入味的羊肉，这样的大菜，不得不令人重燃食欲。叶琳娜招呼大家说："可以休息一下再吃，安息日晚餐，就是要吃撑才到位。俗话说安息日犹太人都有两个灵魂，需要吃两人份才能喂饱另一个灵魂。"雪黎本来就是个吃货，听叶琳娜这么一说，更是磨刀霍霍要对羊肉下手了。

饱餐后，大家收拾好餐盘，把没吃完的都用保鲜膜包起来整齐放进冰箱。叶琳娜还特意嘱咐北辰要把剩下的土豆留给她明天吃，北辰笑笑说没问题，准备起身离开。雪黎也站起身："我送你下楼吧，正好散个步。"于是两人并肩走出，沿着宿舍楼从五楼一步步往下走，楼梯间的灯光安静而柔和。

北辰忽然问她："Alice 是个怎样的女孩子？"

雪黎笑笑："怎么？昨天一见钟情？"

北辰摇头轻笑："没有啦，只是她长得很像之前搭对手戏的女演员。"

"你是个演员？怎么没听你说过。"

北辰神秘一笑："你不知道的还多着呢。我可是个有故事的男演员。"

雪黎白了她一眼。

快到一楼时，北辰问她明天要不要一起去健身房。

想想明天到处都不开门，不去 gym 估计又赖在宿舍面对那个沉默又暧昧的苏恩了，雪黎连声答应。

两人告晚安后，她转身又踏上楼梯，一层层拾级而上。回到寝室，一推门，只见苏恩坐在客厅，眉间带着一丝冷意，盯了她一下又迅速低头，问："那是你新男朋友？"雪黎一脸蒙，半天才回过神："什么啊，不是啊，就一个朋友。"

苏恩又问："那你们怎么认识的？"

"路上啊。"她如实回答。

苏恩无语，笑了笑："原来又是路上随便认识的。"

这一句让雪黎哑口无言，感觉被噎住。明明是苏恩主动亲亲抱抱自己而后不了了之，现在反而还找自己说理。两人面对面安静了几秒，空气一时凝滞。

苏恩打破沉默："你下周日放学后有空吗？"

"有啊。怎么了？"

"上次说请你吃饭，当作没去听你卖唱的补偿。"

"这么好？"

"恩。"他顿了顿，又说，"对了，然后，周日晚上老城那边有个灯光秀特别有名，我打算去看，你想不想一起去？我可以提前买票，两张一起买有折扣。"

"几点啊？"

"八点。我们可以先吃饭再去。"

雪黎迟疑片刻。白天希伯来语课已精疲力竭，晚上活动意味着作业很难按时写完，早上有睡过的风险。不过既然是苏恩约她，还是努力克服下，于是回了句："好。"苏恩终于笑了，是那种久违的、温和又松弛的笑：道"晚安。"

"晚安。"

第二天一觉睡到正午，来不及吃饭，雪黎就匆匆赶往健身房。北辰已经在门口等候，穿着天蓝色 T-shirt，提着运动袋，身影在阳光下显得干净又利落。

两人在走进健身房，在二楼找到瑜伽垫铺开。北辰说他的母亲就是瑜伽教练，从小耳濡目染，瑜伽动作都很熟悉。雪黎平时偏爱力量训练，对瑜伽却不够了解，于是跟着北辰认真学习，瑜伽呼吸法、伸展、收束，在节奏缓慢的动作中，她感觉身体像水面一样平静，疲惫被一寸寸拉长、释放。

　　从健身房回到寝室已是傍晚，苏恩还在坐在客厅，电脑屏幕微亮，他眼神却望着门口。雪黎进门，问他："这么晚不睡啊？"

　　"等你啊。" 苏恩轻描淡写地回答。

　　雪黎有点被暖到，又做出一副若无其事的样子问："等我干嘛？"

　　"怕你被路上随便认识的欺负，担心你呗。"

　　她眨了眨眼，做了个乖巧的表情说："谢谢你啦～你也早点休息哦！"

　　"嗯。"苏恩站起来，"那明天下午五点，我在学校门口等你？"

　　雪黎想了想："可能五点我还在图书馆写作业。要不直接灯光秀那边见？"苏恩点头："也好，其实从宿舍过去会近点，那七点半宿舍见吧。"

　　雪黎说好。

第六篇　　战争与爱情—第一次空袭

新的一周又开始了。

清晨的阳光透过稀薄的云雾洒在耶路撒冷的山丘上，雪黎像往常一样，穿过那片寂静的英军基地，经过学校门口的 Bus Stop，到 Aroma 点一杯冰咖啡，然后走过学校大门安检通道。

雪黎看上去没有攻击性，又是亚洲人，安保经常不检查她的包，手一挥就让她过去了。

走进教室，就见 Emmy 在焦躁地嚷嚷："我的希伯来语书不见了！肯定是被人偷了！"她四下扫视，眼神如捕鹰犬，逼视每一位同学。。

Ariel 表示无语："我们每个人都买了书，怎么会有人需要偷你的？"

可 Emmy 不依不饶，非要把大家的书都翻一遍，看有没有一本写了她的笔记。

这让雪黎不禁想起自己那有趣的外婆。外婆常常在家找书找，找不到就说是"被人偷走的"，有次实在有几本书找不到居然报警了。还给她口中念叨着的"李警官"三天两头打电话督促他立案调查。后来这位李警官大概是怕了，让警局其他人接电话并说"查无此人"，这让外婆更怀疑此事是个阴谋。

Emmy 依旧喋喋不休，Ariel 觉得 Emmy 太吵，让她安静下来，于是她恨恨地坐到 Ariel 旁边，拿自动铅笔把笔芯一阵一阵按出来弹到 Ariel 身上，像只轻狂的小麻雀。实在离谱。

终于，安娜老师来到教室主持正义。

Emmy 飞奔过去，给安娜老师一个大大的拥抱，然后控诉说有人偷她的书。

安娜老师一边安抚她，一边从自己的包里拿出一本书递过去："先用我的书吧。"Emmy 才悻悻地接过书，转身坐到瑞典帅哥同学 Michael 身旁。

Michael 是那种一眼便让人想起童话的男孩。你无法确切形容"王子"的模样，但他的眉眼和身姿，会让你觉得——啊，这大概就是童话里"王子"的样子。

有些人确实一看像王子或公主，似乎"贵族"的相貌是刻在审美基因里的，和这人当下的生活背景几乎无关，有些英国的真王子长得反倒像货车司机（没有贬低货车司机的意思，完全是看五官比例的古典性，大抵跟古典油画有关系）。

雪黎被 Michael 的王子气质晃了一下神时，Emmy 很莫名地问他："上完暑期希伯来语课，要不要一起去巴黎玩？"所有同学齐刷刷看着 Michael，Michael 一脸哭笑不得的表情。

下午放学后，阳光还未褪尽热意，雪黎和莫小乔一起来到图书馆，打算先把作业写完。每次到图书馆，她们都会经过爱因斯坦老爷爷的雕像，心生敬畏，直到多年后雪黎听说爱因斯坦的八卦，得知他也算当过"渣男"，也会玩弄女性感情。

写了会儿作业，雪黎忽然忍不住和莫小乔闲聊起来："你知道那个叫北辰的男生吗？就是上次来看我们卖唱的。"

莫小乔翻了个白眼，语气冷冷地答："知道啊。他想上你吗？"

雪黎被她突如其来的直白怔住了，又有点佩服她的毒舌。"怎么会？你在想什么。话说他说他之前演电影的，你不是喜欢看电影。"

"电影？什么电影啊？肯定演色狼，一看就面带桃花。"

雪黎实在太喜欢莫小乔的黑色幽默了，她和北辰又不熟，哪来这么大敌意。

差不多到七点的时候，雪黎写好作业，轻轻呼了口气，准备离开图书馆。莫小乔问她："要不要一起吃饭？"

雪黎笑说："和朋友有约了。"

"又是哪个小男生？"

雪黎嘴角一扬，狡黠一笑："没有啦。"便起身离开。

七点的太阳将落未落，黄昏中的耶路撒冷更有种独特韵味，天边被染成金橘与浅紫的交错，仿佛是所罗门王喝了点酒，双眼微醺。

苏恩站在黄昏中，白色衬衣，浅蓝色水洗破洞牛仔裤，光线落在他肩上，看上去帅气温暖又干净。巧的是，雪黎刚好今天也穿了件白 shirt 和牛仔短裙。

苏恩向她走来，雪黎忽然有点小紧张，告诫自己眼神要保持淡定、姿态从容。尽管如此，身体却不由自主地瑟瑟发抖，晃晃悠悠。

他叫了辆 taxi，很绅士地替她开车门，等她坐好后再绕到另一侧上了车。

雪黎故作轻松地问："今天上课怎么样？"

"就是讲了些关于集体记忆（Collective Memory）和文化身份认同的问题。"

苏恩答。

她沉吟片刻："你说，一个犹太孩子出生后，当他某天意识到自己是犹太人，会不会经历很大的心理变化?尤其是继承了那段沉重的集体历史记忆后？"

苏恩笑了笑，似乎不想立刻下结论："也许就像布迪厄说的，习惯和姿态会在不知不觉间被身体记住。一个孩子在祷告时低下头，在节日里唱起古老的歌，他慢慢就知道——这是属于'我们'的动作。而这种'我们'，就是他不可逃避的社会空间。"

雪黎想了想说："恩，我一直很喜欢布迪厄写的东西，关于阶级是否真实存在，集体意识，以及habitus的概念。很有意思。我总是不能脱离开'我们'，而又是什么造就了'我们'"

苏恩说："是啊。'我们'是谁，不是'我'能决定的。"

雪黎接着他说："对，但总有些象征性意味的个体简单粗暴的代表了'我们'"

苏恩摇摇头："这个又涉及到谁拥有象征资本了，谁能代表群体了，复杂。总之回到犹太孩子的问题上，有些孩子会自动背负起民族的历史变得有些民族主义；有的反而想卸下这个身份包袱，转向现代与世俗。比如特拉维夫的世俗犹太人，并不信上帝。"

雪黎说："是的，世俗化的犹太人反而把热爱研究《圣经》《塔木德》的犹太人看作一种'返祖'现象，哈哈。不过我在美国接触的一些世俗犹太人，并非全盘否定传统，而是卸下历史的包袱后，变得更理性。"

苏恩点点头："有些事情过去了就让它过去，否则是一辈子的 PTSD。"

雪黎望向车窗外，那抹黄昏正缓缓沉入耶路撒冷古城的褶皱里，一种说不出的静谧与感伤在心头晕开。

过了会儿她又说："但很多时候个体反而希望历史可以给自己增加厚重感，希望一定程度上被历史定义。"苏恩说："我觉得人应该甩掉'过去'，不断去找新的自己。虽然是很难。"

雪黎无奈笑了笑："是啊，个人总是微弱渺小的，希望自己有更多的意义。然而背负了历史心累，不背负历史容易迷失"。

苏恩语气温和地说："人就是很矛盾啊，尤其是你。"

"我？"雪黎偏过头看他。

苏恩用那种仿佛能看穿她的眼神说："你总想做到面面俱到，所有不同的声音你都想听都想理解。可有些观点天生冲突，你想在它们之间找到平衡。会很累。"

雪黎怔了一下，接着点点头。她没说话，像被触到了心里最柔软的地方。

　　天色暗下来了，他们来到了古城的大卫塔。古老的石墙在黑夜里点亮光影，仿佛一瞬间穿越到了异世界—— 有蹿出地表的巨型拱石，玄幻的幽蓝青绿灯光在古墙间游走，像水流，也像神祇的手指。西域女神抚琴奏响古老的旋律，旋律顺着塔墙缠绕升腾，随灯光从墙角一直延伸到远处的大卫王塔之巅。

　　雪黎屏息："世间竟真有如此美的画面。"

　　这不是她第一次被美震撼到。在此之前，在土耳其的卡帕多奇亚坐热气球看日出也发出过这样的惊叹。当她俯身望着原始的山川地貌，千万只热气球冉冉升起时，仿佛天地初开，身处天堂之境。那种美甚至让人生出一丝悲凉：也许这将是我一生见过最美的画面，之后看到的风景都无法与之媲美了吧。但后来她也告诫自己尽量不要去这样想，没有什么是最美了，或许也还有更美的。

　　果然，这就遇到了。不同的画面蒙太奇式地倒映在古城墙上：3000 多年前，一位红发的牧羊少年从伯利恒走来，弹弓击倒了咆哮的巨人。他弹奏竖琴，谱写不朽诗篇，成为以色列王，立耶路撒冷为十二支派之都。千年轮回，王宫倒塌，十字军的围墙又重现光影中。一群人耕云种月，又星离雨散。两千年前希律王宫殿遗迹到十三世纪的十字军围墙，都栩栩如生展现出来。藤蔓顺着堡垒的墙壁爬上大卫塔，开出鲜艳的花；大卫王再度现身，琴声忽而幻化成泉涌，雕像滴水如泪，无数幅大大小小的画像悬空漂浮，千万只鸽子飞舞，在战火焚烧的城墙、刻满希伯来文的石砖前，又重回伊甸园。

她们坐在环形的白石台阶上，古城柔和的风轻轻吹拂着头发，仿佛置身于世界尽头，看最美幻象。

雪黎望着这如梦如幻的景象，忍不住对苏恩说："这一切…太不真实。"

苏恩看了她一眼，嘴角带着温柔的笑意，缓缓说："就和你一样。"

这浪漫来得如此突然，让雪黎脸颊泛红。她看着苏恩，那双眼睛柔和如夜色深处的光。苏恩低声说："你坐在我身边，感觉好不真实，像电影。"

雪黎心想：这比电影还要不真实。

忽然间，苏恩的眼神变得严肃起来，他低声问："雪黎，你喜欢我吗？"

雪黎感到血液冲上头顶，脉搏骤然加速。此刻若有位把脉的老中医来诊断，定会摇头叹息：脉象紊乱，心火上升。

她想说"喜欢"。但又卡在了喉咙。觉得喜欢能怎样？这世界上很多事，好像并不是"喜欢"能解决的。她犹豫着，说不出话。

苏恩猛地吻了上来。他的气息温热而坚定，把她整个笼入怀中。她紧张得抓住裙角，闻到他白衬衫领口敞开的肌肤和淡淡的香水味。他们在暮色中热烈地吻着。

下一秒，天空突然划过刺耳的高音鸣笛声。"是防空警报！"旁边有人喊了一声。周围人群惊呼，又有人喊："快走！"霎时一阵慌乱。

苏恩一把拉起雪黎的手，转身就跑。

她有些愣了—这就是传说中的防空警报吗？战争…就要这样开始了吗？

古城墙附近没有防空室，宿舍又太远。他们只得躲在城墙边那个熟悉的角落台阶上，那个总有一位卖油画的老人和他猫咪常驻的台阶。

警报响个不停，雪黎突然问苏恩："我会不会就这样死了？"

苏恩把她抱得更紧，说："瞎说什么，有我在呢。真要出事……我们一起。"

雪黎笑了，鼻子酸酸的。然后扑进他怀里，把头紧紧贴在他的胸口。恍惚中她看见火箭弹像流星般划过。

死亡，她并不是没有想过。

早在两年前母亲弥留之际，她就觉得人生已没有意义。那一年，她甚至注册了瑞士安乐死会员。只是安乐死也有很多条件，她还并未达标。

她常常做一个梦：

诊所洁白的灯光下，医生手持注射器，轻声确认："真的要打下去吗？一旦注射，这一生就彻底结束了。"

每当梦到这里，她的身体就会拼命挣扎着醒来。

她明白，哪怕再悲伤，现在早早死去还是不甘心的。还没活够，还有未看完的世界，还没深刻得爱过。

火箭弹在空中被反导系统拦截，撞击出很大声响，碎片拖着长长的白烟坠落。她流下眼泪，苏恩把她抱得更紧，低头吻着她落泪的眼睛，在耳边铿锵地说："别怕，别怕，我在这儿。"

防空警报终于停了。雪黎感觉快聋了，仍嗡嗡作响。苏恩说："趁现在空袭停了，我们赶快回宿舍。"

雪黎的声音微微颤抖："我们要怎么回去？会不会一会儿又响？"

苏恩轻轻握住她的手说："别担心，我们搭轻轨回去。"

雪黎看他如此笃定，就跟着他走。

躲在古墙周围的人也都陆续起身，缓缓散去。

从大卫塔到宿舍不过几站轻轨，车厢内空荡又肃穆。雪黎一眼便见角落里一位背着长枪的女兵—是IDF士兵。

她曾听说，在以色列，士兵须将武器作为身体的一部分—无论是行军还是入睡，必须随身佩戴，丢失武器是桩重罪，几乎等同于失信于国家。所以，在街头、咖啡馆、海滩，都可以看到身穿便服却背着长枪的青年。

以色列服兵役制度非常严格，几乎全民参与。

男性从十八岁开始必须服三年的兵役，女性也是从十八岁开始，服两年，只有少数宗教团体和部分人群可以豁免。

服兵役期间也可以学习不同专业，某种程度上平替了上大学。因此，在以色列读大学的人相对较少，一般服完兵役后就可以直接步入职场—毕竟，简历中指挥过战斗的人，远比在上大学时组织过小组讨论的人更有组织能力。在军队中也等级分明，参军前的统一考试决定去向：最精锐的部队是伞兵，能进伞兵部队宛如考进常青藤。陆军次之，也有只做文员的，写报告、编系统。可以说以色列的兵役制度深刻影响着国家的文化和民族认同。

想到这里，雪黎忽然想起之前加州的一个韩国好朋友曾吐槽说，韩国男生有"三宝"：第一，爱吹嘘自己服兵役期间的经历；第二，爱吹嘘自己踢足球的经历；第三，爱吹嘘自己在服兵役期间在踢足球的经历。

轻轨穿过夜色，还好防空警报没有再次拉响。月亮静静照着这座古老的城，两人终于平安回到了宿舍。

一进门，看到叶琳娜和普希金垂头丧气一左一右坐在客厅吃西瓜。看见雪黎和苏恩才回来，惊讶地问："你们刚才在哪？没事吧？"

苏恩说："刚才去古城看灯光秀了，看一半空袭来了。"

叶琳娜瞪大了眼睛："那你们当时一定吓傻了吧，要我肯定疯掉。"

雪黎苦笑："确实差不多要疯掉了。"苏恩马上说："傻子，你疯什么疯，明明我保护你的。"

叶琳娜眼睛一眯，突然坏笑靠近问："哦—我怎么闻到了一股浓浓的化学反应。"

雪黎一听，刷的一下脸红："什么啊……"

还没来得及反应，苏恩一把搂住她，笑着说："她是我女朋友了。"

普希金跟着起哄："可以啊，你们俩战争与爱情啊。"

雪黎惊讶地看着苏恩，心里嘀咕："什么时候就是你女朋友了？什么情况？"

回到各自房间，她躺在床上辗转反侧。拿起手机给苏恩发了条短信，三个字："　　睡不着。"

苏恩秒回："要我陪你吗？"

雪黎愣了愣，回道："陪我？"

"陪你睡啊。"他回得理直气壮。

雪黎忍不住笑出声，回了句【讨厌】加个翻白眼撇小嘴表情。

没多久，苏恩轻轻敲雪黎的房间。她还是穿着那套水蓝色法式丝质睡衣，斜倚在床上，像一幅朦胧画。苏恩轻手轻脚走进来，自觉地坐在床角。

她侧过身，从背后轻轻环住他的脖子，声音带着慵懒，问："我什么时候成你女朋友了？"

苏恩脸红了，反问："不是我女朋友，那你这样抱着我，是想干嘛？"

雪黎轻笑，调侃着说："也有…有可能…你是我在耶路撒冷的情人？"

苏恩哈哈大笑，电话突然响了，他看了眼默默挂掉了。

"怎么不接？"雪黎盯着他，"你女朋友打来的？"

"怎么会？"苏恩笑笑。

雪黎靠在他肩上，忽然认真起来："我们……是不是也还彼此不很了解。"

苏恩缓缓回过头，眼神温柔得能融掉整座耶路撒冷的夜："你觉得我，不是个认真的人吗？"

她看见他眼里那毫无掩饰的喜欢。那种目光，像是夜空坠落下来的流星，直接撞进心里。他又吻过来，从脖子吻到胸，从锁骨吻到心口。他的指尖划过她后背的线条，撩拨着她体内的每一根神经，。房间的灯被他随手关掉，黑暗里只剩下彼此的气息和心跳，空气中弥漫着不可控制的化学反应。

突然，雪黎推开了他，躲回被窝里："好困，我要睡觉了。"

苏恩一怔，轻声问："怎么了……不喜欢吗？"

她侧过身，只留下一句："明早还要早起上课。"

苏恩说好，亲吻了她的额头便起身离开了。雪黎抓狂地用被子捂着头，自言自语道："What the fuck?"

第七篇　　不是最后一课

　　第二天，如往常一样，雪黎穿过英军墓地，通过学校安全检查大门，空气中似乎仍残留着昨夜警报的余震，安保像往常一样挥手示意她不必开包，仿佛一切如常。

　　来到教室，沸腾，同学们正讨论着昨晚的空袭。

　　穆罕默德却嘴角带笑地说："我一听见火箭弹的声音就上屋顶去欣赏，真好看，像烟花一样。"Emmy 抱着书包说："我整晚都睡不着，一闭眼就是警报声。"话锋一转，她又开始追问："到底是谁偷了我的希伯来语书？"

　　老师轻轻挥手，安抚大家："昨晚耶路撒冷没有人伤亡，都在控制之中。大家不要惊慌，小摩擦在以色列是常有的事，如果之后有需要我们的课程可以转入地下室。另外，同学们有任何与此相关的心理问题，可以联系学校心理咨询室，提供 24 小时服务。"

教室一时静了下来，仙女白央低声对坐在边上的莫小乔说："我们住阿拉伯区，今早门口都是血，不知道发生了什么，我已经不敢坐公交车了。"穆罕默德笑意消失："每次出事，我们这些在以色列的阿拉伯人就会受到牵连，被视作潜在威胁。" 空气像被捏住喉咙，静得能听见心跳。大觉感觉不能讨论太多，仿佛多一个字就可能触碰到什么脆弱的线。

耶路撒冷，这片兵家必争之地，几千年来反复被争夺，圣洁与血泪并生，是世界的伤疤，也是信仰的灯塔。犹太人、穆斯林以及基督徒的恩怨更是三天三夜也说不完。公元 1099 年，第一次十字军东征将耶路撒冷纳入西方基督世界的统治。那场战争，被冠以"神圣"的名义，却是场集骑士荣耀，冒险精神，民族主义，狂热宗教信仰，以及贪婪掠夺的大乱炖。表面上看，远征军代表了一个信仰至上的年代，他们挥舞着十字旗帜，誓为信仰献身，实则为财富而来。教会各阶层都心知肚明，宗教信仰必须依托经济基础和财政实力，东征伴随的是对财富的掠夺和转移。圣殿沾满血迹，教堂化作军营，繁华的东方城市被按西欧的秩序重新切割。十字军第一次夺取圣城的胜利被称为基督教对耶路撒冷的解放，使得远征军首领们的名字一夜间变得家喻户晓，在此之前穆斯林统治耶路撒冷达几个世纪之久，十字军占领耶路撒冷后整个中东世界开始了权力交叠，逐渐按照西欧的标准重新规划布局。

罗马教皇强调欧洲骑士有责任捍卫圣城，为耶路撒冷国王效力就是在为上帝效力。这种说法让前往耶路撒冷的征程变为了一条通往天堂的路。人们坚信，凡是与异教徒战斗而倒下的人，来生会进天堂。在理查大帝给萨拉丁的信里，他曾如此宣言，"对我们来说，耶路撒冷是崇拜的对象，即使战斗到最后一人，我们也不会把他放弃"。

英国历史学家彼得·弗兰克奇在他的《丝绸之路》里写道，首次东征的胜利并没有给欧洲或巴勒斯坦的犹太人带来任何光辉印象。他们亲眼目睹了所谓高贵的十字军烧杀掠夺，暴力横行。随着反犹太情绪的升级，大批欧洲犹太人被屠杀，犹太人因此为西欧在东方的崛起付出了惨重代价。

圣战中，欧洲各城邦的利益也不统一。直到今天，基督教世界为主宰的欧美各国对以色列的扶持，某种程度上仍是延续那古老的策略—在中东扶持一个自己的势力。基督教世界的反闪族主义依旧盛行。二战期间，犹太人遭大屠杀，而战后，英、法等国强行把以色列塞回了巴勒斯坦平原，制造了新的穆斯林和犹太人的冲突。基督教世界种下的恶果后又隔岸观火，闪族兄弟互相残杀，这种恩怨又有谁说得清呢。

雪黎没有想过，在十年之后的 2024 年，中东局势会愈演愈烈——以色列与伊朗的冲突一触即发，甚至可能引发全面战争。

中午吃饭时，莫小乔看雪黎心事重重，问她："你想离开以色列吗？现在走还来得及，听说隔壁班已经有人回家了。"

雪黎低声说："总觉得，好不容易来一趟，就这么走了好怂。而且我们班的人都那么淡定。"

"可能见怪不怪了吧，像穆罕默德他们。" 莫小乔说。

"嗯，阿拉伯人在这里好不容易。" 雪黎点头。

"那你愁眉苦脸干吗？担心什么？"

"哎，惭愧。" 雪黎垂下眼睫，感情的事。"

莫小乔白了她一眼："哦豁，陷入爱河了？"

雪黎笑了一下："屁啦。" 停顿片刻，她又轻声问："但你说，什么是真爱？"

莫小乔冷哼一声："你玛丽苏上身了吧，大姐。"

雪黎撇撇嘴："你没读过韩炳哲的《爱欲之死》吧？就是写给你们这些不好好思考爱情的人看的。"

莫小乔睨她一眼："你是和谁睡了？"

雪黎翻个白眼："屁啦。我在聊灵魂，你跟我说这个。"

莫小乔笑："好好好，您高级。"

雪黎无奈叹气："能不能认真说话。"

莫小乔耸肩："哈哈，好啦。我也没什么经验。没办法回答。只知道爱是个奢侈品。从生物学角度看，爱情不过是人作为动物基因延续后代的一种文明社会的称呼，在性的基因机制基础上融入了个体生存延续的各种文明形式。"

雪黎："所以不以传宗接代为目的的爱才是爱？"

莫小乔没回答，又接上她前面的话："你刚刚说《爱欲之死》，其实它是学习了精神分析学家弗洛姆的《爱的艺术》。"

雪黎："哦，听说过那本书。"

莫小乔："里面谈到爱情在当代西方社会的消亡。因为爱情的原则，同现代资本主义社会内在的运行原则是完全相悖的。"

雪黎："对，资本主义下无爱情。每个人都是用出来'卖'的，无论学识，容貌，品味，在自由市场里都被标签化了。"

莫小乔："对，现代人的主要目标是把自己的技能、知识、人格同他人进行有利交换，满足消费的需求。无论精神和物质，都沦为交换和消费的对象，而现代人所谓的幸福，就是享受，就是满足消费的要求。"

雪黎叹气："哎，现代社会感觉好像都是交换。社会资源、金钱、皮相相互交换。所以不喜欢，没有意思，还不如写写诗。诗不值钱，没人跟你换。"

莫小乔笑了："哈哈。反正在现代语境下，爱也是个很好的工具，能帮助人满足马斯洛说的人的五大需求，生理需求、安全需求、归属与爱的需求、尊重的需求，甚至自我实现的需求。"

雪黎："反正都是用来满足自己需求的。"莫小乔："Anyway，总之，爱很重要。"

雪黎："是啊，没有爱，世界有什么意义呢？"莫小乔："世界本来就没有意义呢。"

雪黎："所以要给自己找意义呀。"

莫小乔："好的，你加油。"

雪黎："我觉得比起爱，似乎浪漫对我来说更重要一丢丢。"

莫小乔："玛丽苏大姐又来了。"

雪黎："哈哈哈，对，那个男生真的很夸张。昨天说要跟我死在一起。我听了一身的鸡皮疙瘩。"

莫小乔："那他不就是想上你。"

雪黎："怎么说话的，一点都不浪漫。"

莫小乔："你多读读性史和性文化研究吧。"

雪黎："哈哈哈哈，好，没读好书无法跟你对话。"

确实，性研究是一门博大精深的学科，福柯在《性经验史》里曾说：性，或者性取向，是在历史进程中塑造出来的一个概念。想到之前上历史课写论文，研究过一个课题是唐代佛教女性和道家女性的区别，方方面面都分析到了。把论文拿给教授后，头发花白的女教授很困惑地问雪黎："你这分析的都挺全的，就是没有提到性，性是文化研究课题中很重要的一部分。"整得雪黎都不知道如何接了。后来上一门东亚研究课时，教授也是极其爱讲性文化，什么《花团锦阵图》，白行简的《天地阴阳交欢大乐赋》，简直看呆了。

这时冥浩看见她俩说说笑笑走过来，好奇地问："什么事聊得那么开心？"莫小乔打趣说："雪黎遇到了感情障碍，你刚好是男生，你可以问问他。"

雪黎狠拍一下莫小乔的胳膊："你少在那胡说八道。"莫小乔不依不饶，问："冥浩你说，你们男生一看重性吗？"

冥浩正喝着西柚汁，被这突如其来的问题呛得差点喷出来。雪黎连忙打圆场："别问了，他是处男！"冥浩那张深沉又呆滞的脸原本就显得有些呆滞，此时看上去更呆滞了。脸色比那西柚汁还红三分。雪黎心想："完了完了，太尴尬了……"

　　好像之前是 Grace 还是 Alice ，曾在某次闲聊时不经意聊到冥浩是处男。怎么在这说出来了呢，真是口无遮拦。莫小乔已经快笑瘫在座位上，冥浩呆滞地起身走了。

　　放学后， Grace 和 Alice 又叫雪黎来自己寝室吃饭。刚进门，她就看到冥浩正坐在客厅，露出尴尬又友好的笑容。Alice 一边切菜一边说："北辰等会儿也要过来。"雪黎有点小惊讶—北辰什么时候开始和 Alice 聊上天了。

　　晚饭是冥浩和光旭准备，菜刚端上桌，话题便自然转到昨天的空袭。

　　北辰说："这是二十年来最凶猛的一次袭击。好在我们有铁穹网（Iron Dome）防御系统。"

　　Grace 问："铁穹网真的那么神奇吗？"

　　北辰点头："拦截率接近百分之九十九。"

　　光旭一边咬着面包一边说："但是不是对于以色列来说很不划算啊，听说那边每次来的都是土弹，造价极低，这边拦截的导弹每颗都造价很高。"

北辰说："这倒是，所以那边只要不停扔土弹过来，以色列就要一直烧钱。"

Alice 插话说："对了，昨天有同学推荐了一个 APP，叫 Red Alert。只要有火箭弹发射，它就会通知，下面还可以评论。"

雪黎调侃："评论什么？评论这个火箭弹准不准吗？这 APP 真的准吗？能预测火箭弹？"

Alice 说："估计是南部那边开始发射它就能测到，然后马上发消息过来，最多能提前个几秒钟吧。"

雪黎苦笑："几秒钟……有什么用？恐怕也只是给你留一口深呼吸的时间吧。"

Alice 正要展示 APP 给她看，提示就出现了，界面上突然跳出一行字：「Jerusalem, Now」。没过两秒，刺耳的防空警报瞬间响起。

一群人惊恐地冲进宿舍的安全室，把门锁好。这是冥浩和光旭住的双人间，没有足够的椅子，大家就围坐在地上，窗外火箭弹的声音很响。望着窗外看白色的烟雾划过天空，金摇了摇头，低声说道："你们知道吗？上帝终将惩罚以色列，惩罚特拉维夫。特拉维夫是世界 gay 都，穆斯林是一定要袭击那的。这次终于被惹到了，连圣城耶路撒冷都未能幸免。"话一出口，空气像是凝固了一瞬。没有人敢接话。没人知道该如何回应这位虔诚基督徒的逻辑。

这时雪黎的手机响了，是苏恩打来了的。她轻声接起，压低声音说自己在隔壁宿舍，让他不要担心。Grace 揶揄着笑道："谁啊？说话声音都变温柔了。"雪黎又害羞了："没有啦。"

防空警报尖锐地持续了近十分钟后，终于在众人耳膜几近麻木之时停了下来，众人松了一口气，回到客厅瘫坐在沙发上。Grace 突然变得很安静，低头摆弄着指甲。Alice 关心地问她怎么了，她只是淡淡摇了摇那一头法式短发，眼神倦怠。

雪黎回到自己的宿舍，刚推门，就听见苏恩正在通电话，语气明显带着克制的怒意："it's none of your business."见她进来，他很快按下了电话，却不小心按到了扬声器——电话那头一位女孩颤抖的声音："when are you coming back? You must come back when you still can. I love you."

雪黎僵住，她早就隐约觉得哪里不对。苏恩慌忙解释："不是你想的那样。"雪黎头也不回径直走到房间。累了。

加州那个阳光温吞的小镇，让她感到疲倦，母亲的离世让她一度怀疑人生的意义，朋友对她的不理解也让她疲于应对，她只是拼命找出口，拼命逃，逃到世界的另一端，逃到耶路撒冷，以为在这座满是历史与神性的古老城里，能找到一点点光。她错了吗？也许是自己太天真，太渴望美好，本来就不应该有期盼。她讨厌被命运捉弄，讨厌被人伤害，更讨厌自己的期待。

可她又忍不住想，他会不会再来敲门？会不会愿意解释？

苏恩没有再来打扰。她怔怔地盯着天花板，只觉自己好笑又可怜，还在期待什么。第二天早晨，阳光清淡如水，上课前，雪黎先去 Aroma 吃了一个三文鱼可颂，喝了杯卡布奇诺，慢悠悠晃到学校。莫小乔总是早早来到教室学习，正埋头默默背希伯来语单词或者复习阿拉伯语。清晨的一缕光透过百叶窗，洒落在她的笔记本上，她低着头安静抄写着什么，那样子像是在做冥想。

雪黎走过去，轻声问："你在写什么？"

莫小乔头也不抬地答："古兰经，前几天在旧书店淘到了一本抄本，翻开翻开很美，就想把里面的句子抄下来。" 雪黎拿过她的笔记本翻看，虽看不懂阿拉伯文，却也被那一连串如藤蔓缠绕的文字所打动。阿拉伯语真的是有天然的美感，笔触流畅，特别适合写书法。想起小时候也会随身携带一个摘抄本，把喜欢的句子缓缓抄写在上面，隔三岔五重新翻阅。

"抄写句子，真是一件让人快乐的事。"莫小乔忽然说。"真的。"雪黎点头。抄写像是一种身心合一的仪式。说来也有趣，语言的出现最早是为了记账和方便群体合作，以实用性为出发点，但慢慢发展成为可以用来谈情说爱，抒情言志。可依赖工具太久，或许终将被工具反噬。柏拉图曾把文字比喻为pharmakon——既是解药，也是毒药。

下午放学后，雪黎又晃晃悠悠回到宿舍楼，先在一楼小卖部买了玉米罐头、水和一些零食。近来同学们都建议在房间多囤些吃的，以防万一。就在她提着购物袋转身之际，刺耳的防空警报再次骤然响了。真是防不胜防，前两天都是太阳下山后吃饱饭再袭击的，怎么今天五点就来？

她拿好买的东西快速冲刺，不敢坐电梯，拼命跑，想一口气从一楼跑上五楼，防空警报震耳欲聋，她气喘如牛，奔跑到三楼时撞见了正慢悠悠往上走的冥浩。

"你走这么慢干嘛？"她边喘气边问。

"走得快有用吗？"冥浩神情淡然。

"当然有用啊！"雪黎无语皱起眉头，"万一去晚了，室友把安全房的门都上锁了，我怎么进去？"

冥浩抬眼看她："你可以来我们屋啊。"

"一个屋就那么大，一待就得半小时，每次躲你们那占位子多不好。"

　　冥浩笑笑："想得真多。"

　　雪黎不和他在这儿浪费时间，继续狂跑。

　　她宿舍的安全室在叶琳娜和普希金的房间，跑到门前疯狂敲门。门"啪"地打开，叶琳娜打开门喊了句："hurry up!"进到房间，总算松了一口气。

　　房内众人围坐在地板上。叶琳娜、普希金和Matthew靠在床脚，苏恩也在，他靠在墙角。雪黎瞥了他一眼，假装没看见，坐到另一侧。

　　防空警报的声音此起彼伏，振聋发聩。稍微安静一下时，普希金问："你们有人想回去吗？"

　　苏恩说："我有点想回伦敦了。"

　　叶琳娜问Masako："你呢？你是不是也住伦敦？"

　　Masako点头说："是的，但我没那么想走，再看看。"

　　雪黎说："我们班没一个人走，隔壁班倒是都走一半了。"

　　Matthew笑笑问："是怕被人笑懦弱吗？"

　　雪黎摇摇头。她当然知道，命比面子重要。只是总有些不甘，毕竟，这趟旅程才刚刚开始，来了不到一个月就走了，内心还没梳理好，答案仍深藏在夜色之中，不行，不能就这么走。

袭击结束后，众人陆续离开安全间。雪黎回到房间，有人敲门，她猜到是苏恩。

只见苏恩温柔地低着头说："雪黎，跟我一起暂时去伦敦避一下吧，特拉维夫飞伦敦的航班比较多，七个小时就到了。"

雪黎靠着门框，语气平淡："可我课还没上完。"

"课有命重要吗？你不走，那我怎么办？""苏恩低声问。

"你？"雪黎反问："什么你怎么办？你快逃啊。"苏恩抿了下嘴："我怎么能丢下你呢？"

雪黎觉得可笑— "丢下她"？从头到尾，不都是她一个人吗。苏恩沉下眼眸，再次认真地问："你真的不走吗？"

"我不走。"雪黎更坚定地说。

苏恩看着她，缓缓点头："好，那我陪你。"

雪黎内心是抓狂的，他到底想怎样，只得甩下冷一句："随你。"然后关上了门。

过了一会儿，她拎着浴巾和洗漱包去了洗手间，想借热水清醒混乱的心绪。夏天习惯洗热水澡，打开喷头，等水温升腾，再赤脚走入浴缸，让热水倾泻在长发与肌肤上。闭上眼，蒸汽打开毛孔、蒸散疲惫，全身慢慢松弛了下来。浴室的雾气似乎能让人卸下一切防备，她不由自主地回想起苏恩的手掌如何抚摸她的腰，他的唇如何落在自己唇上，她又如何抱着他，想象他进入了自己的身体，全身漂浮，头顶眩晕，呼吸也逐渐急促。她关掉水，在镜子前冷静下来。擦干身体，用白色毛巾裹住头发，又披上白色浴巾，走出浴室。

按希伯来语老师的说法，联合国马上会介入谈判，战火很快很快就会消停。然而第三天刚上课，防空警报又响了，连小考试卷都没让大家写完，全校师生被疏散至地下室，继续考试。

地下室的座位没有摆成适合讨论的圆形，而是方方正正一排过去，像是小学课桌。雪黎坐在地下室，呆呆盯着黑板联想到了小学时学的那篇《最后一课》。恍惚中老师正在对他们沉重地说："今天是最后一堂希伯来语课，之后就要改学阿拉伯语了。"忽然觉得有些惋惜，这一个月来希伯来语学的还不够认真，很多单词压根记不熟，想着想着快哭了。

莫小乔坐在她旁边拍了她一下："问她又瞎想啥呢？"

雪黎说："想到《最后一课》。"

莫小乔恨不得又翻白眼。

下课时，老师温柔地对大家宣布："今天下午放假，大家就在宿舍好好休息。"同学们唉声叹气地开始收拾书包。莫小乔对雪黎喃喃地说："我现在真是体会到了什么叫不作死就不会死。"Emma 突然上去讲台给安娜老师一个大大的拥抱，说自己要回西班牙一下，家里有亲人去世。同学们私下都表示质疑，觉得这个理由也太扯了。心照不宣：她只是想逃走。

　　雪黎回到宿舍，刷中国新闻，看到叙利亚也爆发了大规模袭击，数千中国人抱头鼠窜，驻以色列中国大使馆已派包机撤侨了。她心中愈发焦虑。毕竟没遇到过这种情况：亲历与外界叙述之间的巨大落差让她不知所措。身处战区，却时常像个安然的局外人；而远方的报道，又仿佛她正奔逃于火线。

　　她给北辰发短信，问他如何评估风险指数。北辰依旧对铁穹网很自信，说没问题的不用担心，但他也补了一句："不过这次确实是二十年来最强的攻击，多方同时联合打击，不知道接下来还会不会升级。"

　　雪黎看着回复摇摇头，苦笑，说了等于没说。

　　北辰建议她给中国大使馆打个电话问问，看那边有没有安排撤侨的计划。她想想也对。如果没有，就证明大使馆评估了风险也觉得不高。于是雪黎就真的拨通了中国驻以色列大使馆电话，电话那头说，目前大使馆评估还没有这个必要，她稍微放心，然而放下手机才发现——自己又来月经了。这已经是这个月第二次了，可能是被火箭弹吓得内分泌失调了。毕竟，这段时间既要应对火箭弹，又要频繁考试。

希伯来语本不算特别难，按理说不是那么难学，但在这里水涨船高。同学们都是犹太或者阿拉伯人，许多学生从小耳濡目染，多多少少有些闪米特语言的基础。莫小乔就更不用说，阿拉伯语基础那么好，雪黎相比之下语言基础相形见绌，上课练对话以及小考都有些吃力。

接下来的几日，空袭已成常态。一天一到两次，像定点的噩梦。穆斯林的 Ramadan 也开始了。Ramadan 期间白天禁止食，必须等到太阳落山后才可进食。眼看班上那位穆斯林美女白央黑眼圈越来越重，早上上课也没精打采。她和莫小乔说自己最近每天凌晨三点才去 Aroma 买宵夜。不知什么时候莫小乔和白央成为朋友了，经常用阿拉伯语交流。雪黎心想：莫小乔可以啊，和仙女勾搭上了。

第八篇　　爱与黑暗的故事

不知不觉，大家已经习惯与火箭弹共生的生活。

该逃离耶路撒冷的人都早已离开，留下的也已不再惊慌。

成吉思汗后代—穆罕默德同学，继续眉飞色舞地炫耀自己每天上屋顶看火箭弹"烟花"，据说还有人在 ebay 上贩卖火箭弹落地后的金属碎片，一片几十美金，还真有人买账。

人的弹性是很大的，一旦适应也就适应了。

雪黎在惊慌与迷茫中蓬头垢面地活了一阵，终于在某个疲惫的午后决定：也打算善待自己了。

她决定找家以色列本地美容院做美甲和美容，如果能蒸个桑拿就更好了。周四放学，她开始翻Yelp，筛选评论最好的一家，搭上出租车便去了。

美容院布置温柔洁净，白色贝壳与绿色植物交错点缀，仿佛一脚踏入海边的小温室。走进去那一刻，紧绷的神经终于松了下来。

她跟前台说："我想做美甲。"

前台点头微笑："好啊，先选下颜色吧。"

于是她毫不犹豫地选了粉红、粉黄、粉蓝、粉紫，还有白色 — 每根手指都要不一样的颜色，真的是憋久了。

店员有些吃惊，笑着问："你从哪来？"

"中国。"

"你是中国人？"

"是啊。"

接着，那位笑容灿烂的服务员问了句让她差点被口水噎着的话："那你不会自己涂指甲吗？"

她一时语塞："什么意思？我不会啊……"

心想：这家店是不想做生意了吗？劝我自己回家DIY？

服务员忙着解释说："上次我去加州，做美甲的全是中国人。"

雪黎无语，心想：加州美甲店确实是华人天下，雇的也都是中国员工，但这不代表任何中国人都是专业美甲师啊。这逻辑让雪黎无言以对。你问法国人是不是都会做红酒，问日本人是不是都会卷寿司，人家也会翻白眼吧？

果然，服务体验堪称灾难。剪甲剪出了血，涂色也涂得斑斑驳驳。她一边吹干指甲一边在心里下了判断："嗯，以色列的美容业，不太行。"

但仔细观察却也发现，超市货架上常见的死海泥面膜、橄榄油护肤皂、各种草本精油。Ahava、Sabon，这些经常出现在美国大街小巷的美容护肤品牌都是以色列出品。Ahava，在希伯来语里是"爱"的意思；而 Sabon，更简单直接，就是"洗手"。

做完那套令人失望的美甲后，雪黎在街头四处漫无目的地晃着。不知不觉，她走入一条安静地巷子，仰头一看，天幕下竟悬挂着一排排彩色雨伞，这是传说中的天空伞之境？一时恍惚，像走进了世外桃源。

她继续往前走，右侧石墙上有一块手写木牌，上面歪歪斜斜地写着 Café。

她循着木牌拐了进去，发现一间藏在石墙缝隙中隐秘的咖啡馆。木门很窄，用帘子半遮着光，仿佛要隔开喧嚣的世界。她走了进去，扑面而来的是沉静的木香与咖啡气息，感到无比惬意，点了杯服务生推荐的冷可可咖啡，缓缓坐下。墙上陈列着一排排书，大多是以色列现代文学：

阿摩司·奥兹的的《爱与黑暗的故事》《我的米海尔》，耶霍舒阿的《情人》，大卫·格罗斯曼的《当一匹马走进一家酒吧》，Dorit Rabinyan 最新小说《Borderlife》等…

　　这大概就是耶路撒冷文青聚集地吧。正当雪黎沉醉在这片文学和咖啡构筑的精神罂粟田时，忽然发现一个酷似冥浩的背影，在咖啡馆的角落看书。她过去轻轻拍了他一下，果然。

　　"冥浩？你怎么在这？"

　　冥浩抬头，语气淡淡地："我不可以在这里安静看会儿书吗？"

　　"在看哪本书啊？"她好奇。

　　他翻过封面："《Borderlife》"

　　"讲的什么？"

　　"一个以色列姑娘和巴勒斯坦男人相爱又不能爱的故事。"

　　雪黎轻笑，忽然想到自己小时候有次写日记，不知为何胡编乱造写了个巴勒斯坦王子和以色列公主相爱又不能爱的故事，估计是那段时间新闻联播里播报巴以冲突比较多。

　　她忽然认真问："如果是你，会怎么选择？在世俗的压力下放弃爱吗？"

冥浩望着窗外："这不好说。有些人可能就是因为最终不得不放弃，才越想爱。禁忌的爱，才最诱人。如果没有世俗的压力，可能都没有爱。"

雪黎笑："这么贱？"又补了一句："哦，就像人们都喜欢偷情。"

冥浩挑眉："什么叫'都'喜欢？"

雪黎："你看那些片子里啊，总是什么爱上嫂子，学生喜欢老师之类的。"冥浩没接话。很多时候他不知道雪黎是在认真分析还是在说笑。沉默了一会儿，冥浩换了个话题，问她周末什么安排。

"没什么特别的。"她答。

"那我们去死海吧"他说，"来了这么久在耶路撒冷这么久，还没出去玩过。闷在城里都快发霉了。"

"好啊，"雪黎笑了笑，"来趟以色列，不去下死海，真是白来了。

对于她这样不会游泳的人来说，死海估计是唯一一个可以安心下水的海了。冥浩笑了，从背包里掏出电脑，在 Tripadvisor 上搜死海一日游的行程。雪黎端起她的可可冷饮，托腮望着屏幕。

当天往返的行程一般都需要很早出发。他们得选一个离宿舍很近的出发点。看到有个旅行团是从

Mount Scopus 出发。他们宿舍就在这座山上，猜测就在附近，他俩对视一眼，点了确认。

天色渐渐暗了，冥浩提议去市中心吃顿晚饭再回宿舍。二人并肩走在昏黄的街灯下，今天运气好，没有火箭弹来袭，风也平静。街角，一群戴着白色 kiba 小帽的犹太青年在跳舞玩耍，仿佛战争根本就不存在。

他们走到街边一家快餐店坐下，要了两份 pita 和 hummus。坐在长木椅上，冥浩一边吃一边对雪黎说："上次你还在这条街卖唱来着。"雪黎笑笑说："真的呢，那天还答应了几个犹太男青年要再来卖唱，还食言了。"

回到寝室已经很晚，冥浩送雪黎到寝室门口，道了晚安才走。苏恩看见问："又和男生出去玩啊？"她没搭理，径直回到房间。七月的耶路撒冷，越来越热，夜也开始发烫了。

睡前，她搜了下好看的以色列当代电影。之前对于以色列当代文化的确了解不多，下午在咖啡馆里看到很多不错的书。她搜到一部改编自阿摩司·奥兹《爱与黑暗的故事》的电影，决定抽空看看，如果不错就推荐给电影爱好者莫小乔。

第二天早上六点半，她被冥浩的电话吵醒。他们约在宿舍门口见。准备动身再次查看预约邮箱的地址时才发现，Mount Scopus 并不在宿舍区，而是在一个叫 Mount Scopus Hotel 的地方。谷歌地图一查，方知这个 Mount Scopus Hotel 竟然真的在山上，走过去要二十分钟。

还好出来得早，不然真赶不上。清晨的微风里裹着一丝山间的清凉，耶路撒冷尚未苏醒。一路都是乱石，脚下磕磕绊绊。走着走着，雪黎觉得好笑笑出了声，笑声打破清晨的静谧，笑着笑着差点被石头绊倒。

他们看见了 Mount Scopus Hotel 的招牌。可眼前这座酒店破败不堪，灰尘满地，怎么看也不像是大巴会来接游客的场所。

大厅里就两个人，见两个亚洲人前来也很惊讶，问："你们来做什么的？"

"等车，"冥浩说，"参加死海一日游。"

其中一个大叔挥了挥手，说："怎么可能，三个月了，没一个人来，连只猫都没来过。"

雪黎和冥浩也愣住。她望着昏黄的吊灯和满地的尘土，想这是来了个什么破地方。还好是大清早，要是晚上估计得吓蒙。

另一位大叔比较友善，说："这边很久没有生意了，最近打仗，谁还来旅游？但既然旅行社要是跟你说会来接你，你们随意，可以在大厅等。"

"那就太感谢了。" 雪黎连声道谢。两人走进大厅，在靠窗的红色天鹅绒沙发上坐下。清晨的光线穿过高高的窗户，投下安静又荒芜的光斑。

肚子开始叫，雪黎想问有没有早餐，可环顾四周，半个人影都没有，估计没有早餐，有一丢丢失落。

此时那位友善大叔竟然拎起水桶，开始拖地打扫清洁。雪黎笑了笑，对冥浩说："看来我们来了，他们还是挺高兴的，工作都积极了。" 冥浩也觉得好笑："是啊，太久没看到人了，总算看见两活人。"

两位大叔打扫得越来越起劲，拖把在地面舞出一种节奏感。雪黎想这不毛之地怕不是要长出果树了。

快到八点了，眼看两人在这里坐了近一个小时，冥浩尝试给旅行社打电话，结果无人接听。

"今天是安息日，你们确定车会来？" 其中一位大叔问道。

雪黎翻出确认邮件："写的是今天啊，地址也应该也是这里。而且我们都预付了每人五十美金的车钱。" 她边说边皱眉，好奇打开网页搜索酒店的评论，"扑哧"一下笑出来，拍了拍冥浩说："你看这些全是差评，只有两星。其中一条评论是：'The bus never comes and we never get refund.'"

冥浩哭笑不得，摊了摊手："我们这是……踩坑了吧。"

就在这时，门外传来引擎声，一辆大巴缓缓驶来。酒店大叔激动地问："这是不是你们等的车？"雪黎也激动地跑出去看，发现巴士上印的公司名字和他们的不符。问了下说这车是去 加利利（Gallie）的，也是一日游，但目的地并非死海。"那…你是来接谁的呢？"雪黎疑惑地问。司机耸耸肩。环顾四周，除了雪黎和冥浩也没别人了啊？

她悻悻地回到沙发上，问冥浩："我们…还要再等吗？真迷幻。"酒店大叔也跟着摇头："哪里来的一辆大巴？今天真是热闹。"他还试探着问："你们俩确定不是从特拉维夫出发的行程？有时候大巴要先在特拉维夫，接上一批游客再来耶路撒冷。"雪黎想了想，这票上还真没详细说明，"如果是这样的话…"她提议："要不…再等一个小时看看？"

冥浩打开电脑，说："那我们干脆找个电影看看打发时间？"雪黎说好。她走向柜台向酒店大叔要Wi-Fi 密码，好在这座破败地酒店还有 Wi-Fi。

冥浩搜到一部以色列电影叫《Jaffa》，雪黎说："好像听希伯来语老师安娜推荐过，里面演母亲的Ronit Elkabetz 是一位特别美的犹太女演员，出生于摩洛哥在法国长大。演过不少好片子，可惜后来也是得癌症去世了。"

屏幕亮起，影片开头的音乐伴着浓浓的中东风情，在半遗弃状的陌生酒店里看十分带感。影片讲述的是一段阿拉伯青年和犹太少女的爱情故事。女孩的父母经营一家汽车修理厂，男孩则是她家的学徒。可想而知，在以色列和巴勒斯坦冲突的阴影下，这段感情困难重重…快结束时雪黎已哭得泣不成声，然而车还没有来。

两人接受了自己被坑的事实，决定打道回府。

回到宿舍已是午后，疲惫且失望。苏恩正坐在沙发上看书，见雪黎垂头丧气，抬头问："早上去哪玩了？""本来想去死海，结果车压根没来。"她坐下来，靠在沙发上，像一滩褪潮的水。

苏恩起身泡了杯咖啡，问她要不要加牛奶。

"不用了，谢谢。"她接过咖啡，一口热意温暖失落的早晨。低头一瞥，沙发边正放着《爱与黑暗的故事》。

"你也在看这个？"

"恩，同学推荐的。"苏恩说。

雪黎安静了片刻，突然问："如果你是巴勒斯坦的阿拉伯人，喜欢上了以色列的犹太姑娘，会怎么办？"

苏恩笑了笑说，说："追随内心的声音。"雪黎想，这种理想主义的鬼话，说出来，谁信呢？

天色暗下，夜风带着耶路撒冷七月的干燥。又到了安息日晚餐时间。今晚叶琳娜不在，没人主持这边的安息日晚餐。Grace 特地来到雪黎宿舍邀请她去隔壁聚餐。一进门看见苏恩，很热情地打招呼，打趣道："之前怎么没介绍这位帅哥室友？"苏恩笑了笑："现在认识也不迟。"于是也被顺道邀请，一起去了隔壁寝室。

屋子里灯光暖黄，厨房香气飘散。光旭和冥浩在准备晚餐。苏恩环顾一圈，说："这边真热闹。"

Alice 看了他一眼，问："咦？你是雪黎室友？之前怎么没听她提起过？"

苏恩微微尴尬了一下，解释道："可能因为我们上的不是一门课吧，以后大家可以多多认识。"

光旭一边炒菜一边问："你学什么的？"

苏恩说："Collective memory."众人若有所思，仿佛听懂了，"哦"了一声。

Grace 睁大眼睛："哇，好酷啊！所以你的专业是……"

苏恩笑了笑，又解释道："其实我是金融专业的，暑假想过来学些有意思的东西。"

Grace 似乎不打算就此放过他，接着问："所以你在哪上学？"

"伦敦政经，"苏恩答道，随即客气地问，"你们有什么需要帮忙的吗？"他温和有礼，很快就融入了这个温暖的餐桌圈子。雪黎站起身去洗手间，刚推门出来，Alice 倚在门口一脸坏笑看着她。

"咋了？"雪黎一脸防备地摊手。

Alice 用女流氓的口吻问她："是不是调戏人家小男生了？"

"拜托，他调戏我还差不多。" 雪黎白了她一眼。

Alice 嬉笑不止，接着说："你这个人我是知道的，喜欢若隐若现，若有似无勾搭。"

雪黎无语，没反驳又忍不住好奇问："我刚才有调戏他吗？你看出什么了？"

Alice 眨眼又坏笑："很明显啊。他喜欢你。"

"怎么看出来的？" 雪黎半信半疑。

"就他看你的眼神，以及他对你的朋友—我们—的态度。" Alice 狡黠一笑，"他在试图赢得我们的认可。"

雪黎呵呵："什么态度？那你认可他了吗？"

Alice 思忖片刻："嗯，他挺好的，只是没有那么适合你。"

"那你觉得谁适合我？" 雪黎忍不住问。

Alice 忽然露出坏笑，淘气地说："其实我挺适合你的，只是你也不怎么找我玩。"这一顿调戏才是让雪黎有些懵。

餐桌那边，光旭炖了酱香鸡腿，炒了西红柿炒鸡蛋，冥浩煎了火腿，蒸了玉米，还烤了 pita bread，Alice 切好一盘五彩斑斓的水果。大家按照犹太人习俗象征性唱了下赞美歌，把 halal bread 彼此传递，安息日晚餐的仪式感完成。

"北辰怎么没来？"雪黎问一边咬着面包问 Alice。

"他应该来吗？" Alice 耸耸肩。

"感觉你们挺熟的啊。"雪黎笑。 Alice 反击："你们才比较熟吧，哈哈。"。

Grace 转头问冥浩："今天那么早你去哪了呀？"

冥浩看了眼雪黎说："哦，我和雪黎本打算去死海，结果没去成。"

"什么？你们俩要自己去死海？居然不告诉我们？是有什么事情吗？"众人惊呼。Alice 笑着打趣："金还在这儿呢，冥浩，你心变太快了吧。"金也笑着，摇头说："Men cannot be trusted."

雪黎赶忙解释："没有啊，就昨天下午放学刚好碰到，然后冥浩想去死海，我也感兴趣，没多想订了个今天的 trip，结果被旅行社坑了，是家骗子公司。"她摊了摊手，脸上带着无奈的笑。Grace 叹口气说："哎，你们就是没跟我们商量，不然可以加入我们 Bethlehem 的行程。"雪黎惊讶地问："Bethlehem？你们今天去了 Bethlehem？"Alice 说："对，不远，其实很方便的。"

圣城伯利恒（Bethlehem）——这座承载预言与信仰的小城，早在耶稣出生前数百年，便被以色列的先知弥迦在《弥迦书》的第五章中预言，弥赛亚将要降生于此。如今的圣城伯利恒是巴勒斯坦的重要城市，也是全球基督徒的圣地，这里有约 2% 的穆斯林信仰基督。每年，有很多人来圣诞教堂（Church of Nativity）朝拜耶稣诞生的角落，教堂内，那被围栏环绕、布置成神龛的一隅，传说便是耶稣降生的所在。

在以色列建国前夕的 1947 年，伯利恒的基督徒比例高达 75%，此后由于出生率较低以及基督徒大量外迁等原因，基督徒比例逐年减少。经济环境差加上身心俱疲，许多人选择远行他乡。该城有两个巴勒斯坦难民营：阿依达（Aida）难民营和 Beit Jibrin 难民营。从伯利恒到耶路撒冷的主要道路在耶路撒冷的市区边界处，该道路被切断后，居民只能经过特别许才能前往耶路撒冷工作。前往西岸巴勒斯坦控制区的其他地方旅行也受到多重限制。该城定期进行严格的宵禁，不允许居民离开家，人们生活在持续的管控与不安之中。

以色列修建的西岸栅栏如长蛇般盘绕，对伯利恒产生巨大的政治、经济和社会影响。Grace 也是临时找了个当地旅行团，与一行人跟着巴士来到伯利恒，如今伯利恒 65% 的经济来源都是依赖旅游业。每天都有旅行团从耶路撒冷出发，带领一批批旅人踏上这片圣地。它并不遥远，也不再那么神秘，只是多了些现实的重量，少了些神话的光辉。

"所以，你摸了耶稣出生的地方？"雪黎问 Grace。

"是啊，金也摸了，可激动了。"Grace 笑笑。

"有什么特别的感觉吗？"雪黎好奇不已。

"并没有，金可能灵魂离上帝比较近，我觉得伯利恒和耶路撒冷老城很像。说白了就是一座城市。"Grace 说。

"是啊，可以色列肯定不会愿意和巴勒斯坦分耶路撒冷的。"雪黎说。"英、法、美这些国家也不会愿意。"苏恩说。

"有点新十字军东征的样子。"雪黎摇摇头说。

"这有什么办法，吃饭吃饭。"光旭把大家的心思重新拉回吃饭这件大事上。

吃完饭，Grace 提议玩"保留节目"——真心话大冒险。

Alice 眼睛一亮，说好："这次我们玩点刺激的吧，上次全是真心话，这回只玩大冒险吧？"没人反对。游戏开始了。

规则依旧：石头剪刀布，输的人接受惩罚。

第一个选出的是 Grace，被选中共同受罚的人是冥浩。

"接吻！接吻！"Alice 立刻起哄，大喊着为气氛添柴加火。冥浩的脸刷地红了。Grace 一边笑一边抗议："这样太不公平啦！先抽人再定惩罚，这不是社死预定吗？我们应该先把惩罚项目都写好，被抽中的人再从中随机抽一项。

光旭冷不丁问了句："这次惩罚的全部是双人游戏吗？"

大家哈哈大笑。雪黎马上问："圣女金怎么玩？"金笑笑说没事。

Alice 不知为何，在编写惩罚名目上有过人天赋，没几分钟就把十几项惩罚写完了，这在古代可是想刑罚的好手。写好后她把纸折好放进碗中，递给 Grace 和冥浩重新抽。

"谁来抽？" Grace 问。

冥浩笑着说说："你来吧，你手气估计比我好些。"

结果她一抽——还是"接吻"。

"隔张纸行吗？！" Grace 大喊，引得一阵哄笑，"这才第一轮就玩这么刺激，一会儿要怎么玩啊？"。大家说好吧，就依她建议。Grace 拿了一张餐巾纸，隔在两人之间，轻轻地碰了一下，算是交差。吃瓜群众拍了拍手表示满意。

第二轮，冥浩又输了。他手握拳头，满脸"为何又是我"的表情。这次和他一起受惩罚的是——雪黎。她双手捂着脸，像在说："这也太离谱了吧。"

"你来抽。"她把碗推向冥浩。他低头抽出纸条，展开，沉默。

"又是……接吻。"他低声说。

雪黎狐疑地盯着 Alice ："你不会是十几张纸上写的全都是接吻吧？"

Alice 笑得前仰后合："怎么会，之后肯定会有不一样的，你们看吧，这次你们不能隔着纸啊。"

雪黎尴尬语塞，冥浩眉头紧锁，低声嘀咕说这游戏没法玩。苏恩忽然出声问："这个受惩罚的人要是实在想放弃，可以找人代罚吗？"

Alice 眯起眼笑："没有这个规则哦，你想代冥浩吻雪黎？"

苏恩一脸不乐意。

雪黎故作轻松地说："来吧，来吧，大家都这么熟。"然后闭上双眼，等着这场"风波"落幕。冥浩迟疑片刻，也闭上了眼。他的唇温厚柔软，落在她唇上的瞬间，空气仿佛被拉长，时间静止。

Alice 发出一声夸张的尖叫，雪黎瞬间他冥浩推开。

苏恩冷冷地看着她，目光里写着难以言说的东西。

轮到 Alice 自己受罚了，这次与她一同中签的是光旭。

光旭连连摆手："不行，不行，我在土耳其可是有女朋友的，还力大无比，开门都能把门整个拽下来。"众人哄笑。

Alice 出的惩罚是：两人一起去洗手间待五分钟。

光旭松了口气："这个好，我刚好想上洗手间。"

Alice 眨着眼睛说："但我也得在洗手间啊，你上得出来？"

大家哄笑。光旭无奈，于是两人在洗手间安静待了五分钟才出来，才一前一后走出来，像刚接受完秘密审判的小学生。

下一轮，轮到苏恩和金，两人抽中的惩罚是——咬耳朵。

金有些谎："我不会咬耳朵…."

苏恩笑了笑说："那得我咬嘛？不会像变态吗？"

Grace 笑着拍板说："只能你了啊。"

苏恩低下头，小心翼翼地咬了一下金的耳垂，动作轻柔，金的耳根连着脖子都红了，雪黎突然心里有些失落，想着原来苏恩对谁都能这么温柔自然。又一轮，苏恩再度抽中。他故作唉声叹气，这次一起的是雪黎。

苏恩问她要抽吗？她摇摇头说："你来吧。"苏恩将手伸进碗里，抽出纸条，展开，读道："一起去洗手间，互换衣服。" 一片哗然。

"可她穿的是裙子啊？"苏恩苦笑。

"你穿裙子也好看，去吧。"Grace 笑得意味深长。

两人一前一后来到洗手间，像走入一场荒唐又私密的仪式，洗手间挂着一块浴帘，雪黎站到帘子那侧，开始脱下裙子。苏恩开始解自己的仔裤——他穿的还是那身熟悉的装束：神色牛仔裤配黑红格子衬衣。

忽然，雪黎皱眉，小声问他："拉链卡住了…你能帮我一下吗？"

苏恩沉默了几秒，从帘子另一侧伸出手，轻轻替她拉开后背的拉链。她的后背雪白光滑，脊椎的线条在灯光下若隐若现，拉链一直拉到腰部，苏恩忽然用指尖沿着她的脊骨轻触而下。

雪黎浑身轻颤，转过头，脸颊泛红："what do you want?"

苏恩喉结动了下，声音低哑："I want you."

雪黎咬了咬下唇，没有回应。

过了一会儿，苏恩低声问："你还是不愿意听我解释吗？那个英国的女孩，我们早就分手了。"

雪黎叹了叹气，像用尽了力气说："Can we just be friends? I think it's better if we just be friends." 洗手间陷入一段静默。水龙头漏水的声音像是代替了谁的心跳。苏恩安静了一会儿，终于说："好，如果这就是你想要的，let's be friend。做朋友，大概就永远不用痛苦。"

第九篇　　法蒂玛之手

周六正午，阳光斜斜洒进窗子，雪黎醒来感到全身酸痛，或许是前天晚上大冒险玩得太晚，有些头疼，记得后来大家都很 high，似乎每个人都吻了每个人，也隐约记得与苏恩和解。

起床简单洗漱下，随意啃了几片面包，决定开始好好学习了。下周有 midterm 希伯来语考试，相当于期中考试，很多单词还没记。

走到客厅，苏恩正站在厨房一角做早餐，阳光落在他肩上，他抬头看她，对她温柔笑笑："要一起吃早餐吗？"雪黎心里一暖，说好。

苏恩煎了鸡蛋和火腿，泡了两杯热腾腾的咖啡，雪黎轻声道谢，苏恩说不客气，问她今天有什么安排。雪黎说打算一整天复习，下周三期中考试。

"我也差不多，下周要交一篇论文草稿"苏恩说，"我们一起在客厅学习吧。"其他室友也不知去哪里，客厅空空的，只剩他们二人，一张白色木餐桌，两杯咖啡，这种感觉真好。

午后阳光暖暖地洒在雪黎淡蓝色的法式吊带裙上。他们并排坐着，各自复习，像好朋友那样，没有复杂的情绪撩拨。人有时需要的就那么简单，，不过是需要愿意陪你坐下来安静读书的人。

苏恩偶尔问问雪黎在读的是什么，雪黎会讲讲犹太复国主义运动始末，然后让他帮忙报单词听写。

"Semitic, dream, Judaism, king, camp…" 他边念边笑，"你们学这些希伯来语词怎么这么复杂，平时用得上吗？" 苏恩问。

雪黎笑笑说："你要不要学些简单的希伯来语，我可以教你。"

苏恩笑说："等你考完试吧。"

阳光在地板上一点点后退，时间不知不觉流过指缝。到了晚上七点，太阳落了，耶路撒冷的街道又恢复了喧闹，超市与餐厅纷纷重新开业。苏恩拿着手机搜到一家日料店，看上去不错，问她要不要去。

雪黎犹豫了几秒，但想想近几日都相对太平，便点头答应："好啊，来以色列后还真没有吃过日餐呢。"

说起日餐，雪黎很喜欢加州的日式 fusion 料理，虽然加州的日本朋友表示那些一点都不正宗，但加州卷这类酱汁丰富的融合料理正是她喜欢的。反倒是真正去日本吃正宗的传统日料，常常寡淡到提不起兴趣，来来回回都是酱油，味噌的味道。

苏恩找的这家日餐，坐落在耶路撒冷老火车站。这座老火车站建于 1892 年的奥斯曼土耳其帝国，是耶路撒冷的第一个火车站，当年可一路开往特拉维夫和海法。由于铁轨保养不善年久失修，经常出轨，于1998 年停止运营。

如今，这里被改造成一座保留着伊斯兰商旅驿站风格的文化艺术集市。走进其中，有一个开放式的中心舞台，四周环绕着大大小小的露天小商铺，售卖着各式手工艺品、古董饰物、香料与织物。道路两边，是一间间格调雅致的小餐厅，从黎巴嫩菜、摩洛哥菜到日餐、意餐，琳琅满目，风味各异。

这家日餐店的室内设计别具一格，整体色调保留了耶路撒冷古城的气质，天花板覆盖着类似蒂凡尼灯的五彩水纹云雾玻璃，光从背后透出，柔美炫目。两边墙壁装置的霓虹灯管又颇显现代。看菜单大部分是fusion：日本、泰国、越南风味交融，卖相也极佳。

苏恩问雪黎要不要喝 sake，雪黎摇头解释她对酒精过敏，于是苏恩点了杯自己喝。雪黎则点了木瓜沙拉和牛肉拉面，苏恩来了份手卷。

饭后走出日料店，夜色如水，苏恩突然来句：
"今晚月亮好圆。"

　　雪黎愣了愣，觉得这句话甚是搞笑，像是没话找
话的老派开场白。但抬头望去，确实很圆，快要满月
了。

　　耶路撒冷的夜晚总这样——安静惬意，近乎迷
惑。城市仿佛被施了魔法，与时间脱轨。当世界上大
部分城市都趋于同质化，每座城市都在模仿另一座城
市，野心勃勃地求现代化发展时，耶路撒冷却如同一
块不愿醒来的石头，沉入风的低语与光的缝隙中。很
难让人把它与战争以及宗教冲突联系起来。

　　雪黎问苏恩："你猜，我见过最美的月亮在哪
儿？"

　　苏恩转头看她，轻声问："在哪儿？"

　　她笑着答："在唐朝，张若虚的诗里。"

　　这一答，比"今晚月亮好圆"更荒唐。苏恩听
了，也笑了出来。

　　俩人边走边聊，来到一个小商贩前。摊上摆满了
各式别致手链。老板很热情问他们哪里人，雪黎说中
国人，老板更开心了，说自己常去广州订货，寒暄了
几句。又往前走几步，看到卖琉璃戒指的小摊。那些
戒指的表面绘着细腻的油画图案，每一枚都像装着一
幅迷你世界。形状也各异，有正方形、长方形，甚至

三角形。用中文形容它的风格，大概是"典雅又鬼马"。雪黎目光在其中一枚正方形的戒指上停住，"可以试戴吗？"她问老板，老板说当然可以。

雪黎拿起那枚戒指，黄色的琉璃嵌着一只可爱的Hamsa（法蒂玛之手）。法蒂玛之手是中东地区常见的护身符，手掌之心绘有一只眼睛，被认为能驱邪避灾。穆斯林认为这个手掌是先知穆罕默德之女法蒂玛的右手，因此得名，象征纯洁与力量；后来犹太人也开始使用这个标志，不过把它称作"米利暗之手"，纪念的是先知摩西的姐姐米利暗。

"喜欢吗？"苏恩问她，"我送给你。"

雪黎说："喜欢，但我自己买就好。"

老板听不懂他们的中文对话，却很会察言观色，怂恿苏恩："买给这位漂亮的姑娘呗。算是个护身符，可以保护她。"苏恩高兴地马上拿出谢克尔给老板，雪黎也就不好再推脱，轻声问苏恩："你有没有想要的，我也送给你一个？"苏恩笑了，说男生戴这些怪怪的。

两人继续往前走，又在一家卖画的小摊前驻足，一幅用希伯来字母组成的竖琴画吸引了他们的目光，他凑近仔细看了看，看不懂但好有趣，线条灵动，字母如音符般在画面上跳跃。雪黎说："那就送这个给你啦！"

夜晚渐深，风拂过广场上的琉璃与灯光，他们像两个慢步走进童话的人，手中攥着护身符与诗意，悄悄带走耶路撒冷一角的温柔。

第二天一早到学校，同学们都在讨论这周的世界杯决赛。在战火时隐时现的土地下，世界杯或许真的是一个能够团结所有人的比赛，难怪这周末耶路撒冷异常清静，哈马斯可能也都在忙着看比赛。

雪黎是个实打实的足球白痴。她对足球的认知还停留在宋朝的蹴鞠。莫小乔却是个足球迷，眉飞色舞地说很看好德国队。连穆罕默德也一改往日的阴沉脸，心情格外晴朗地和 Ariel 交流。

西班牙加泰罗尼亚的 Emmy 由于神经衰弱，提前回到自己的祖国了，没人再怀疑"有人偷书"了，班上整体氛围和谐不少。莫小乔平日很喜欢跟雪黎损 Emmy，说"加泰罗尼亚出来的人真是不一样，都带着点天天要闹独立的神经气质。"今天却说："其实还挺想她的。"最高兴的应该是瑞典帅哥 Michael，之前成日被 Emmy 盯着看，现在终于少了个雷达。

安娜老师今天也神采奕奕，一头俏皮的小卷发格外萌。她宣布今天上的是复习课，之前学的所有内容都需要巩固一遍，明天就是大考了。

她说考试内容分为四部分：听力、口语、阅读和写作。题型不难，作文估计是看图说话，口语会在几个话题框架中选一，句型基本也没问题，重点还是要记单词，然后反复阅读这一个月以来学过的课文。

　　考试前一天，雪黎约莫小乔到自己寝室一起复习，一起复习的好处就是可以两人谈天说地，讲讲笑话。

　　莫小乔悄悄问："隔壁班那个阿里你见过吗？"

　　雪黎："那个中国人？"

　　"对。" 莫小乔点头。

　　雪黎笑出声："挺逗的，为什么要给自己取名叫阿里。"

　　莫小乔："他说自己是基督徒。"

　　雪黎："那干吗不取基督一点的名字？约翰、彼得、马太……"

　　莫小乔："我哪儿知道他咋想的。感觉他有点歧视中国同胞。我跟他打招呼都不理我。"

　　雪黎打趣："你还能被人歧视？以为只有你歧视别人的份。"

　　莫小乔翻了个白眼："那天我看他给两个犹太妹子拎东西，笑得可灿烂了。"

　　雪黎："哈哈，你是觉得他舔外国妹子吗？"

两人正聊得热火，苏恩走进来，看两人有说有笑问她们在谈什么。

雪黎眼珠一转："你来了刚好。作为一个澳大利亚华侨，我问你一个问题——你歧视同胞吗？"

苏恩被问得一愣："啊？我怎么会那么低俗。"

"可华人圈不是有歧视链的？" 雪黎继续追问，"比如 ABC 歧视 FOB。"

"是有些没脑子的搞这些。"

雪黎："之前在加州有个 ABC 男生追我，但有天跟我说我是 FOB，fresh of the boat, 我满头雾水。而且那个男生好像就喜欢 FOB，难道是为了找优越感？"

苏恩耸耸肩："额，像我在澳大利亚出生，在英国念书的路上偶尔还是会有人问我 Where are you from? 可能也是好奇吧，毕竟我一看就是亚洲人。"

"反正 ABC 也挺难的，"雪黎说，"两边都不讨好，很容易没有归属感。"

"耶，Identity crisis。" 苏恩点点头，"小时候我经常有。长大想明白了就自我和解了。"

这时莫小乔插话："在以色列估计大概我们久没有这个困扰了——不是犹太人也不是阿拉伯人，反正作为亚洲人大家对你都没意见，不是主要矛盾。"

雪黎轻声说："对啊。不过毕竟我们现在算游客，短暂停留。对于真正要融入这个国家社会的亚洲人来说不知道会不会困扰。"

莫小乔："哎，想到有个很好的犹太朋友出生在比利时，小时候在法国坐巴士被司机赶下来，说他们不载犹太人。"

雪黎睁大眼："这么夸张吗？"

苏恩点头："还是有的。欧洲反闪族主义的根基很强，虽然希特勒的罪行让大家有所反思，但历史总是顽固，时间久了容易沉渣泛起。"

莫小乔说："人类偏见的邪恶种子是需要压制的。"雪黎轻轻说："所以政治正确是有它存在的意义的。"

苏恩若有所思："但政治正确也是有弊端，有时候太刻意反而会提醒人们偏见无处不在，像一面镜子。"

雪黎笑了笑："人类大概就是喜欢在彼此身上互相找优越感，真麻烦，就不能放下偏见？"

莫小乔撇嘴："偏见是不可能消除的。你敢说你对人没有偏见？"

雪黎诚实地说："有啊。偏见肯定每个人都有，关键是你有了偏见后，会不会反思。"

苏恩点头："我觉得这个很重要。"

莫小乔补了句："但人都是不一样的，不一样就会产生分歧，产生偏见。"

"是啊。" 雪黎低声附和。

苏恩忽然想起："是不是你上次跟我提到了《想象的共同体》？社会是一个想象的共同体。"

雪黎："不记得跟你提过。不过我确实看过这本书。"

莫小乔："耶，多读点书，装点自己。"

苏恩笑了："哈哈。你怎么说话这么逗。你们好好复习吧，不跟你们聊，我也要写论文了。"

雪黎："你在写什么论文啊？"

苏恩："1973 年到 2015 年的股票流动性研究、价格影响、周转率和交易频率。"

莫小乔惊讶地问，："这么金融主题的，为什么来耶路撒冷写？"

苏恩反问她："你这个也是偏见吧，难道在耶路撒冷只能学神学和希伯来语？"

雪黎说："哈哈。好的，那你快写，我们也接着复习。"

莫小乔收拾东西，笑笑说："我差不多学好了，也准备回去了，雪黎你加油。"

雪黎懵懵地看着莫小乔，刚才一直聊天自己都还没开始学，怎么她就学好了？干脆也一并回宿舍再学。

差不多到晚上十一点多的样子，手机响了，是冥浩发来短信问雪黎："复习得怎么样？"她回复："还在奋斗。" 一记单词就抓耳挠腮，希伯来语单词的难记之处在于，大部分单词都很短，随便改下顺序就是新的词新的意思，非常容易弄混淆。

冥浩发来一行字："问吃夜宵吗？我刚做了点。"

雪黎眼睛一亮，立刻回："想！"

说不到十分钟，冥浩来敲门了。苏恩听见声音，走到客厅问谁这么晚来，见冥浩端着个小盘子，上面有一个桃子，三只鸡翅，还有一小碟抹茶冰激凌。

"Glida 来了！"冥浩笑着说，Glida 是希伯来语的"冰激凌"。

苏恩自从上次玩真心话大冒险也和冥浩熟络起来，他俩似乎还吻过，也真是不堪回首。"

这么晚吃这个，会不消化吧？"苏恩问，然后也在他们对面坐下，打开电脑继续敲论文。

冥浩耸肩："雪黎这么瘦，多吃点补充能量"说完就把盘子放下，告辞回宿舍了。

雪黎吃得眉开眼笑，苏恩盯着她，语气微妙："这么晚送吃的。他也是你好朋友？跟我和你一样好？"

雪黎一边吃抹茶冰淇淋，一边调皮地笑笑说："羡慕我好朋友多？"

苏恩假装叹气："哎，你这么晚单词背完了吗？还吃东西，能不能专心学习了？"突然换上长辈的口吻，一板一眼地"教训"她。

雪黎一愣，然后"噗嗤"一笑，觉得苏恩教育自己的口气有点滑稽，说："还别说，国男呢，有个特点，不管多少岁，喜欢当女孩子的爹，挺变态的。"苏恩卡住，问："什么是国男？你在说什么我怎么听不懂。是你变态吧，你脑子里想什么呢…你给我回来！"

第十篇　　白色之夜

　　雪黎向来有"考试焦虑综合症"，无论准备多充分，考试都会大脑空白，像电脑突然死机。终于熬过这场期中大考，她开启了"报复性放松"模式——窝在寝室看了一整晚 C.K Louis 的笑话视频。这个后来因政治不正确频频遭人批评的"老白男"，在一次表演中也自嘲："你们来听我讲笑话，肯定都是瞒着朋友背地里偷偷来的吧？"他的段子实在很戳雪黎的笑点。

　　莫小乔考完就直奔宿舍小卖部旁新开的一家酒吧看世界杯了。隔壁宿舍 Grace 一群人也想庆祝一下期中考结束，提议："这周末大家如果有空，可以一起出去玩？"

　　一个月来，因空袭频繁，所有人几乎都困在耶路撒冷，哪儿都不敢去。而最近似乎因为世界杯的关系稍微缓和一些。或许，是时候去看看外面的世界了。

几人商量了一下，决定先去离耶路撒冷一小时车程就能到达的特拉维夫——那座传说中海岸线最长的海滨城市。计划是周四晚下课就出发，住两晚，周六傍晚返回，苏恩听说这个计划后，也要求加入。

　　怎么去特拉维夫成了一个小难题，上次的失败经历告诉雪黎旅行社的巴士不靠谱。她想起北辰有车，提出或许可以叫他一起。但 Grace 皱眉：人太多了他车坐不下，但如果只是借车又不邀请一起玩也不合适，于是打消了这个念头。

　　"要不我去租车吧？"雪黎说，"上次去跳蚤市场那边，好像看到有 Hertz。"

　　她在加州开车也有两年了，虽然驾照考了五次才通过，DMV 的考官已经都认识她了。最后那次路考，她出了几个小错误，以为又要挂了，急得当场哭了出来，考官安慰她说："恭喜你扣分不多，过了。"

　　苏恩说还是他去租吧，女孩子开车危险，"你这什么年代的说法？"雪黎白了他一眼。说走就走，大家又迫不及待地看酒店。Grace 问可不可以找一个双人间，这样分房会比较方便。

　　"最好两个都是双人床，这样五个人挤挤可以省钱。"她又解释上大学后她都勤工俭学，家里不怎么给生活费实在是需要节省。大家表示理解，Alice 赞同说大家挤一挤吧都可以，冥浩没有意见，苏恩也说实在不行他可以睡沙发。"要睡沙发也是我们三个女生找一个人睡沙发啊，不然要谁跟冥浩睡？"Alice调侃道。

雪黎看了看地图说，最好酒店选住在靠海岸线近的地方。特拉维夫最出名的就是海滩，离海近的话出门玩会方便。和耶路撒冷类似，特拉维夫也有一条以神奇的希伯来语之父 Ben Yehuda 命名的街道，这条街直通海滩，从地图上看街道两侧也有很多商铺和餐厅，靠近文艺范的雅法古城。

于是五人又纷纷拿出找折扣的本领，在各大平台上搜离 Ben Yehuda 不远的酒店。经过一番筛选，他们终于在 Allenby Street 上找到一家堪称完美的海岸套房：客厅得沙发可变为双人床，房间内也是一张宽敞的双人床，厨房、洗手间一应俱全。一晚竟只要两百美元，五人平分也就是四十美金，难得的实惠了。

Allenby Street 是一条可以通向大海的街道，步行十分钟左右便可到达香蕉海滩（Banana Beach）与耶路撒冷海滩。如果开车到 Ben Yehuda Street，也不过八分钟，途中还会经过著名的特拉维夫包豪斯中心，以及 Dizengoff 购物中心。他们研究好地图后，愉快地决定就这里了。

Grace 立刻展现出她的组织才华，布置任务："大家分别做攻略，选出自己最想去的地方，然后明天统一交作业，再一起决定两天的行程。"领导范十足。

雪黎向来习惯一个人旅行，习惯性散漫。她喜欢到了一座陌生城市之后不紧不慢晃悠，在城市中心广场喷泉边上就能一坐一天，不看景点也不拍照，只感受城市的呼吸。所以听到"交作业"，有点茫然。不过既然是大家一起去玩就服从组织安排。话虽如此，到出发前一刻，也没几个人真正交上"作业"。

周四下课后，雪黎早早去提车——一辆白色 Toyota 很适合想象中特拉维夫的颜色，众人早早收拾好行李，虽人还在耶路撒冷，心早已飞到特拉维夫的海，调整到了旅行模式。夏天的衣物不多，几件吊带、长裙和凉鞋便可以轻装启程。

差不多五点，队伍整装待发。Alice 一身梦游仙境般的碎花长裙，Grace 淡蓝的 T-shirt 配白色牛仔短裤。雪黎穿一身浅草色吊带连衣裙，走向驾驶座。First thing first，连好手机里的音乐，playlist 里清一色是莫小乔推荐的英国乐队：Aaron，Oh Wonder，也有雪黎自己喜欢听的法式民谣，如 Francoise Hardy 等。苏恩很自觉坐到副驾驶，调好导航，一切准备就绪。汽车引擎启动的一刻，五人一片欢呼声。

耶路撒冷到特拉维夫的高速路很平稳，也没什么令人困惑的岔道，跟着导航和希伯来语路牌走十分顺利。

　　"有什么推荐的歌可以拿我的手机放哦。"雪黎对苏恩说。

　　"好哦，你听过 Itch 吗？也是英国歌手，rapper" 苏恩翻着苹果音乐边说，"他有张专辑叫 The Deep End"。

　　"好像没听过耶，听听看？"

　　Itch 的 rap 挺有诗意的，和美国 rap 很不同，全篇没有一个脏字，让人觉得清爽。"好听，好听。"Grace 一边听一边点头。Alice 说她也要当 DJ，知道一些很好听的希伯来语 rap，于是把手机交给她。Alice 播放的乐队叫 Café Shahor Hazak，希伯来语里"很浓的黑咖啡"的意思。旋律一响，整车人像被灌了一口浓咖啡。

　　"High 了 High 了。"Grace 叫着。

　　在异国他乡，能遇到一群可以玩到一起、聊到一起，连音乐品味也契合的伙伴们，简直是不可思议。如果这辆车能永不熄火，这样的场景可以一直循环往复，该多好。

　　驶入特拉维夫得那一刻，视线就变得明亮起来。如果说耶路撒冷是块千年的石头，特拉维夫就是刚被海浪吹到沙滩上的贝壳。城市的天际线不高，建筑多质朴素装，散发着海滨城市独有的洒脱与清爽。沿街许多色彩诱人的鲜榨果汁摊、酸奶冰激凌店，路上行人穿着轻盈，步伐慵懒，很是养眼，不紧不慢地走过留下一阵清凉。雪黎激动地说放下行李就要来逛街。

海景套房不失所望，推开窗的瞬间，咸咸甜甜的海风扑面而来，带着初夏独有的湿润和自由气息。两位男士自然是自动选睡客厅，姑娘们看了看卧室大床觉得挤一下没问题。

酒店安顿好后，他们便下楼，来到附近街道逛逛，想着可以一路逛到海边吃个饭，顺便再看晚上有什么活动。街上的风轻柔地拂过脸颊，人群一浪接一浪，笑语声此起彼伏。特拉维夫真热闹，热闹得像一场海市蜃楼，和耶路撒冷那种静谧的古老感完全不同。"

"可能因为今晚是 white night。" 苏恩说。

" white night 是什么？" 雪黎侧头问。

"夏天在很多国家都会有 white night【白夜】，是个持续一整晚的艺术节。" 苏恩解释，"美国估计没有，但在英国、意大利、俄罗斯、法国很多地方都会庆祝白夜。那天晚上会有露天艺术展，户外电影、行为艺术之类的，整个城市彻夜不眠。"

"那是不是 Party 也很多。" Alice 眼睛一亮。

苏恩笑笑："嗯，今晚整个特拉维夫应该都会成为一个大型艺术 club。"

Grace 无奈调侃道："早让你们提前做工作，都交到哪里去了，现在什么都不知道，什么计划都没有。"

"嗷嗷"雪黎抱住她，笑着撒娇，"没关系嘛，这样惊喜多。我们先去那边逛逛买杯果汁喝呗？"

她指着另外一条热闹街道的方向。路边摊那，五颜六色的水果上面插满希伯来语的牌子，以雪黎粗浅的希伯来语文化水平能看懂橙汁（תפוזים מיץ）、柠檬汁（לימון מיץ）和苹果汁（מיץתפוחים）。有个词引起了她的好奇，拿谷歌翻译发现是石榴汁，于是像发现新大陆一样，用希伯来语对店家说：

"אנירוצהמיץרימון." 店家笑笑说："希伯来语说得不错。"那是雪黎喝过的终生难忘的果汁，香甜、明媚、酸涩，矫情一些说就像是爱情的滋味。大家一听好喝纷纷跟风，每人都来了一杯，各种夸赞。

继续向前，经过球鞋店、丝巾店、古董店，落地玻璃窗前摆着各式古董钟表，还有一台青蓝色打字机，旁边坐着一只棕色卷发的哥特布娃娃。街边的老式报亭处放着些无人购买的《耶路撒冷邮报》，有小店门口玻璃窗上写着"讲俄语"的字样，法式花店里飘出茉莉与玫瑰的香气。再往前，是一整面涂满红与黑涂鸦的街墙，像被泼上了情绪的颜料。五颜六色的老式车牌，随处挂着的彩虹旗，像是这座城市不加掩饰的宣言。逛着逛着，快到黄昏了，Alice 提议："赶紧去海边，趁落日还没沉下去。"

他们赶到著名的 Banana Beach——香蕉海滩。沿着海岸线，一把把金黄色的阳伞绵延铺开，远远看去，就像一片熟透了的香蕉园，在海风中摇曳。

他们脱下鞋，脚掌陷入细腻如粉的浅白沙子。海浪不紧不慢地拍打岸边，五人慢慢走向海边，夕阳下肩并肩，女孩们的裙摆和长发飘动着，偶尔大一点的浪涌过脚踝，引得大家一阵尖叫。男生的白衬衫被黄昏染上好看的渐变色，落日下还有人沿着海边跑跑步，好死夸父追日般，正追逐那枚悬在海平线上的太阳。

晚餐时分，夜之女神缓缓降临，亲吻着黑夜，灯火初上，餐厅昏黄的灯光和海滩不远处的高楼亮起的白炽灯光形成鲜明对比。海滩边有几家露天餐厅撑起了白色帐篷。他们就近选了一家，围坐下来，点上了几杯鸡尾酒， hummus，和希腊沙拉（Greek salad）。

这时雪黎看到不远处有人在打发着绿色荧光的球，出于好奇她走了过去。还真没怎么见过有人打这样的球，那球在黑夜中跳跃，像是星辰在玩耍。看着看着，黑夜的风就过来温柔地环抱住她，愣了神。

突然，一名编一头脏辫的高大男子过来捡球，对她笑笑说："こんにちは。"

雪黎也回了句："こんにちは。わたしは日本人じゃない。"

已经有一年多没碰日语了，差不多忘光了，这几句还记得。男子又转用英文问："you're not Japanese?"

雪黎也改用英文回："I'm not. I'm Chinese." 男子接着问雪黎是不是住附近，来特拉维夫做什么，等等一系列问题，语气并不唐突。不知怎么聊着聊着男子就交代说自己是亚美尼亚犹太人，还特别强调自己和俄罗斯犹太人非常不一样，雪黎觉得有趣，犹太人之间还有如此多细分。于是邀请他来他们餐桌见一起来的朋友们。

Grace 见雪黎出去五分钟不到领了个男人来，诧异地问："这人谁啊？"

雪黎笑笑说："亚美尼亚犹太人。" "哦，就是占了耶路撒冷老城四大片区其中一大区的亚美尼亚人啊。厉害了。"Alice 评价道。

苏恩问："随便跟陌生人讲话也不怕不安全吗？" "Hi，guys." 男子和大家很热情打招呼。冥浩礼貌地自我介绍了一下，然后问男子是做什么的，他笑了笑："说自己就是卖那个绿色荧光球的。"

众人听罢都露出惊讶的神情，雪黎好奇地问："这个球真有市场吗？"男子笑着点头："在以色列海边，天黑后还是很多人想打球，打这种会发光的网球就特别好，我都是从广州进的货。"

又是广州，苏恩想起那天在耶路撒冷老火车站的商铺老板。简单寒暄了几句，男子又回去接着打球了，几人边喝鸡尾酒边商量着接下来干些什么。Grace 翻出手机，在网上找到一份《特拉维夫白夜指南》，兴奋地念给大家听："晚上八点，Hatikva Market 有夜市小吃一条街和音乐表演；九点之后，在 Bialik Square 有 DJ，hip-hop 整晚电音派对；如果不想露天跳舞，还有室内 Club，有家叫 Haomen17，是欧洲连锁。据说超棒。"

Alice 惊呼："去 Club 去 Club！我要回酒店换 clubbing 的衣服！"

雪黎也跃跃欲试："走起，每天在耶路撒冷圣地包得严严实实、灰头土脸的，今晚可以性感一把了。"

Grace 有些犹豫："我没有带专门去 club 的裙子。"Alice 说自己有很多条可以借给她。

回到酒店 ，Alice 穿上了条黑色抹胸连身 mini 裙，贴身的剪裁完美秀出她的曲线，像一只自信的黑天鹅。

雪黎则选了一条银色亮片露背紧身裙，眼角贴上一片闪亮的泪钻，画上烟熏妆，踩上一双晶莹剔透的小高跟。她本就身材出挑，此刻在灯光下一走出洗手间，整个人宛如夜色中跃出的星火，光芒四射。两人齐刷刷从洗手间出来，时实为一道亮丽风景，三位男士看得目不转睛。。Grace 拍手称赞："你们俩也太惊艳了吧！我们直接打车去 Haomen17 吧，不然这样走在大街上太招风了。"

Alice 说不着急她还要烫个头发，Alice 一边找卷发棒一边说。雪黎心想这女人真是个妖孽。

晚上十点，特拉维夫白夜真正拉开帷幕。一股浓浓的酒精味开始在空气中飘散，街道两旁的倚满了衣衣着清凉、举着啤酒的青年。偶尔有汽车疾驰而过，车窗摇下，把音响开到最大声，挥舞着五色彩虹旗，喊着听不懂的口号。雪黎也像被夜的灵魂附体般进入自 high 狂欢状，对着来往的人群和车辆喊着，苏恩见状，伸手拉了她一下："小心点，别被车撞了。"没走多久，他们就抵达了 Bialik Square。人声鼎沸，紫蓝色霓虹灯影穿梭，光头花臂涂黑色口红的帅气女子如蛇般扭动着，他们被挤进人浪声浪的漩涡。冥浩杵在那环顾四周动也不动，Grace 半开玩笑似的拉起他的胳膊转了个圈，Alice 拍了下雪黎的臀，暧昧十足。这时旁边的两位陌生男子凑过来，笑着递来手，要和她们一起共舞。苏恩看着，慢慢围了过去，一边跳舞，一边像护卫一样把她们圈在自己身边。

跳累了，几人跑去附近一家叫 Tamara 的水果酸奶店。雪黎和 Alice 一走进店里，店员的目光就齐刷刷投向她们——那晚的她们，的确艳光四射，如夜色中盛开的曼陀罗，美得不真实。酸奶冰凉甜润的果味像一阵海风拂过身体。

原本计划去 Haomen17 的夜店，但临时改变主意，转而去超市买了啤酒和扑克牌，回到酒店，放着音乐，在海景窗台边，玩起了扑克牌。Grace 提议先玩斗地主，输的人再玩真心话大冒险。

苏恩笑了摇头："又来真心话大冒险？"

Alice 说："上次只玩了大冒险，这次纯真心话。"

第一局 Alice 作为地主输了。雪黎问她真心话，她直接问："你有和男生做过爱吗？"

Alice 说："没有，其实也有喜欢的男生，但…就是有障碍。"

冥浩忍不住接了一问："是怎么个有障碍？女生还有功能障碍？"

众人哄笑不止，差点把手里的啤酒洒了。下一局 Grace 输了。Alice 问："在我们五个人中选一个人做爱，会选谁？"Grace 笑笑说选冥浩，冥浩点点头说谢谢。到了雪黎，Alice 问她上一次做爱是什么时候？她有些尴尬地说："我母胎单身。" "不可能！"Grace 尖叫。雪黎脸颊一红，觉得丢人了。

"难道你也是基督徒？"Grace 接着问。"不是，就一直很想突破没能找到机会。"雪黎继续解释，。于是 Grace 拍着她的肩煞有介事地说："那你要好好努力突破下了，人生苦短。"最后有一轮地主赢了，剩下四人都要受罚，Alice 抱着双臂开心地说："这次不真心话了，罚你们把剩下的酒全喝完吧。" 冰箱里还有十瓶啤酒，五人坐在窗台边，一边喝，一边聊，窗外特拉维夫的夜依旧热闹。

雪黎是一个不怎么能喝酒的人，喝两口就会上脸，如果是红酒还好，啤酒的话更上头。苏恩说："我帮你喝吧。"她摇头，靠在窗台上说："不用，我自己慢慢来。"又说，"要是带了吉他就好了，像 moon river 一样。" 声音刚落，她忽然皱起眉头，跑进洗手间。门没关紧，苏恩担心她，跟了进去。

她站在洗手间的灯光下，背对着他，肩膀微微颤抖。突然间，像被什么压垮了似的，她转过身来，一下子扑进他怀里，唰地哭了出来。

他抱住她，没有多问，只是让她靠着自己，像深海中一艘无声的船。她知道，也许他的温柔只是男性本能，是欲望的陷阱，是假象。可她已经不想多想。

他轻吻她的耳垂与脖颈，手指缓缓解开她后背的扣子。她感到身体一点点融化，在酒精的晕眩与他身上熟悉的气息中，沉入一种飘忽的深海。他的头埋在她胸前，她紧紧搂住他，好像抓住了全世界最后一根稻草。此刻，夜的潮水在窗外翻涌，而她，在他的怀里，终于卸下所有伪装。

两人穿好衣服回到客厅时，灯早已熄灭。雪黎在黑暗中蹑手蹑脚走去房间，换好衣服钻进柔软的被窝，身体还残留着温热的余韵，这一天就这样神奇的结束了。

第二天清晨，Alice 和 Grace 醒来已是正午。看见旁边如死猪般的雪黎，开始摇她。"快醒醒！"Alice 佯装严肃地喊道。

雪黎皱了皱眉，翻个身不理。Alice 立马施展绝招，挠她痒痒，瞬间被挠醒。"干吗呀？"睡眼惺忪带点撒娇的语气。

"昨晚你俩干吗了？"Alice 笑得坏兮兮。Grace 也凑上来，把枕头砸向她脸上："快交代，你们去洗手间那么久到底发生什么了？"

雪黎眯起意犹未尽的双眼说："不告诉你们。"三人穿着睡衣出门洗漱，客厅里的二位已经醒了，餐桌上居然还准备好了中式早点。

冥浩低头正喝着牛奶，没多说话。雪黎笑着对他说早上好，他只是点点头，态度显得格外疏离。这时苏恩从洗手间出来，指着餐桌上的食物笑着说："不错吧，我和冥浩去附近那家香港早茶店买来的，大概也是方圆几百里唯一一家中式茶餐厅了。"

Grace 开心地说："哇，你们真的是太贴心了。" 大家围坐一桌，吃着叉烧包和蛋挞，其乐融融。坐下时，Alice 还刻意让雪黎坐到苏恩旁边。苏恩便自然地替她夹菜。雪黎接过叉烧包，说："这个好吃。"

"哎哟，这个甜的呢，我们三个电灯泡还在这干嘛呀。"Alice 故意酸酸地说。雪黎没接话过去似乎默认她和苏恩之间某种模糊不明的关系。苏恩岔开话题问大家今天什么安排。Grace 说很早前就想去特拉维夫美术馆了，Alice 和冥浩也纷纷同意。

准备出门时，雪黎换上牛仔抹胸搭配同色系半身裙、白球鞋，清新俏皮；Alice 换上一条大露背柠黄色田园风连衣裙，阳光下像一束跳跃的光；Grace 继续走她的南加州风格，简约而不失时尚。三人互相夸赞了对方的衣服就开开心心向美术馆出发了。

新的特拉维夫美术馆于 2011 年建造完成，从外部看像一块巨大的不规则三角石，线条锋锐，极具未来感。一踏入馆内，仿佛走进了时空裂缝，四周静谧、光影流转。清晨的馆内少有人至，五人如包场般径直而入。

从顶部各个角度倾泄而下的光线，穿过天井，行成"光之瀑布"。据说，这种以中庭为轴、廊道环绕的建筑方式，最早可追溯到古罗马。走廊如迷宫，转角皆景，移步换景。

从毕加索、皮萨罗、马蒂斯，到各国先锋当代艺术家的作品依次展示于此，跨越十九至二十一世纪。展厅深处，一幅巨型摄影作品吸引了所有人的目光。

只见一张巨型摄影作品里，一张孤零零的床漂浮于海面，一个全身黑衣的女子躺在床上，波光粼粼中她仿佛与世界断了联系——《Women without home》，冲突的迷失感以及失去家园的紧迫感都呼之欲出。

离开美术馆，大家决定分头行动。雪黎和苏恩很自然地离开队伍走到一起，朝着卡梅尔市集（Carmel Market）方向走去。

Carmel Market 估计是个针对外国游客的市场，琳琅满目的苹果手机壳，有印有甲壳虫乐队戴伊斯兰头巾的，还有印着"fuck the ISIS"的。摊贩老板看上去像是个正直的穆斯林。

"以色列有 ISIS 吗？"雪黎问苏恩。

"应该到处都有吧。"苏恩说着。

见老板想推销手机壳给雪黎，马上拉起她离开集市。集市不远处有一家《小王子》书店。"Petit Prince"看着店名雪黎想起朋友小乐曾经在法国给自己寄去一张小王子的名片，告诉自己在读法语版的《小王子》。

"我好喜欢这本书的。"雪黎轻声说。

"你看过法语版？"苏恩问。

"没有，只看过中文版。"雪黎笑了笑，眼神温柔，"里面有一句我很喜欢：'如果我知道一颗星球上有那么一朵花，那么这颗星球在我心中就美了。'"

苏恩点点头："很浪漫。"

雪黎点头："嗯啊。之前有个好友从法国寄过一张小王子明信片给我。我一直都珍藏着。"

苏恩："这么浪漫？"

雪黎："是啊，浪漫是对残忍现实的唯一抗议方式。"

苏恩："糟糕，我好像不是个浪漫的人。"

"不是吗？"

苏恩忽然又很温柔地看着她说："你这么浪漫，分我一点就够了。"

午后阳光仍在发光，映在他们肩头。

稍晚些时候，大家提议去趟离特拉维夫开车一小时的海法市。

"来得及吗？"冥浩问。

"那边有著名的巴哈伊空中花园，很值得看，应该来得及，我们可以在海法吃晚饭。"Grace 说。

说出发就出发，一行人再次上车，沿着地中海海岸线一路开。窗外风景飞逝，公路像一条细长的银带缠绕着大地，他们仿佛正驶向一个充满神话和光芒的新世界。中途路过一个叫不出名字的海边古城。

他们下车，步入古城蜿蜒的石道。阳光洒在拱形的门上，金光从门楣间倾泻而下，把五个人的影子无限拉长，映在斑驳的古墙上，像一幅静默而庄严的壁画，一瞬间，仿佛人人都是埃及艳后，带着隐秘的命运与荣光。

前方忽然传来一阵音乐合欢笑，一群身穿白西装的人聚集在海边，原来是场婚礼。新娘站在海边岩石上，长长的白纱随海风飘起，海浪翻滚，身后是深邃湛蓝的地中海的蓝，那蓝难以形容却令人屏息。夕阳的光仿佛鎏金般，整个画面仿佛被时光凝住，简直是永恒的模样。

正当几人沉浸其中，Grace 突然尖叫一声。

Alice 问："怎么了？"

Grace 急急忙忙地说："我刚查了下，巴哈伊花园六点就关了！现在五点半了！"雪黎赶紧说："从这里到那差不多半小时，我们开快点赶一赶？"

五人立即转身，迅速上车。苏恩自告奋勇担任司机，一路飞奔去海法。雪黎坐在副驾驶，在一旁看右后方的路，一有机会就告诉苏恩："这儿可以超，快上！"

一路风驰电掣，到达巴哈伊花园附近已经五点五十了。苏恩让大家先下车自己去找停车。雪黎和 Alice 抢先跑到大门口，只见大门紧锁，两个警卫告诉她们，今天已经关门了只能等明天。

她俩气喘吁吁解释："我们专程从中国过来的，就为了看这个花园，明天就走啦。"还做了个卖萌可怜的表情，警卫笑着摇摇头，说抱歉。苏恩停好车赶过来，见大家尴尬的笑容也明白了，笑笑说没事："这个花园太大了，估计我们也没力气走完。"五人隔着外面的围栏拍了张模糊到不行的照片"到此一游"，趁夕阳还未西下，慢悠悠往回走。

"所以，晚上我们还要干点什么？"Alice 甩了甩头发问。

"去看露天 drive-in 电影吧？"雪黎提议。

冥浩眼睛一亮："去电影院？还没有机会去这边的电影院。"

Grace 有些不以为然："电影院不是全世界都一样吗？"

冥浩摇头："每个城市的电影院都有自己的气味。"

雪黎说："好啊，去看看也好，但都是希伯来语我们看得懂吗？"

冥浩耸耸肩："看个感觉。"

他们在手机上搜了下，查到有家叫 Tel Aviv Cinematheque 的独立电影院不错，离特拉维夫海边很近，当晚放映一部口碑极佳的本地影片《Fill the Void 》，这部电影评分很高。

雪黎问："这部电影讲什么的？"

冥浩答："哈雷迪（Haredi）正统犹太教女性婚姻。"

Alice 调笑道："哈哈，冥浩，你对女性题材这么感兴趣？"

雪黎说："我倒是挺好奇的，听说哈雷迪（Haredi）正统犹太教的女孩子很早就结婚，还都是指定的。"

Tel Aviv Cinematheque 的屋顶形似一颗火箭弹，仿佛在提醒人们这座城市在艺术与冲突之间的张力。这家电影院建于 1973 年，在战争的阴影中诞生，却始终坚持播映来自全球各地的独立电影与艺术作品，承载着城市另一种形式的呼吸与希望，如今仍是这座城市文化的脉搏所在。他们取了票，踏入昏暗的放映厅。银幕如夜色中的湖面缓缓亮起，光影开始流动。银幕上的女孩穿着婚纱，低垂着眼睑，女主在姐姐 Esther 意外去世而陷入抉择：家族希望她嫁给姐夫（Esther 的丈夫 Yochay），以便孩子能留在以色列。情节克制而沉静，却波澜暗涌。讲述了一个年轻哈雷迪（Haredi）女性在家庭责任、宗教义务与个人情感之间的挣扎与内在觉醒。

走出电影院，时间已不早了。影院外，一群青年正围坐在阶梯上聊天抽烟，有人抱着吉他随意弹唱，一只猫踱步而过，尾巴卷成问号的形状，而她们这天已圆满画上句号。

周六一早，阳光刚好，大家醒了个大早。雪黎找到一家特拉维夫雅法古城的早餐店，据说只有当地人才知道，藏在居民楼中间。据说它家有全特拉维夫最好吃的 hummus 和 pita。

苏恩半信半疑："Hummus 和 pita 能好吃到哪儿去？"

冥浩说："世间万物，做到极致，便有不凡"

雪黎点点头："确实，之前我在美国吃的 Turkish delight 和《雪之女王》里说的就完全不一样，以为是杜撰出来的食物，但到了土耳其又吃到才明白，是真的超级好吃。有些口感细微的差别不亲自尝试一下是想象不到的。"

苏恩笑着说："好的，美食专家，我们去试试吧。"

雅法古城的风很舒服。这是世界上最古老的城之一，在地中海的怀抱里，蓝色灯塔的凝视下，有手指一触碰就能生出茧的沧桑。雅法的名字大概是从希伯来语"美丽"一词来的，读音近似。巷子里坐落着很多艺术工作室，每个巷子都以十二星座命名。慵懒的猫三三两两聚集在某家门口晒太阳，有的正细嗅蔷薇，小房子前的鲜花开到快要溢出。

终于，他们在一个藏于拐角处的巷子找到了那家早餐店。门口排着小长队：一个大爷上来要买十个 pita 带回家，还有穿着睡衣的小女孩托着碗，极为可爱。好在大部分居民都是带了回家吃的，不到十平方米的小店里还有最后一张桌子。五人在众人围观中雀跃地坐下，整个小店空气里弥漫着问号——大家都以好奇的神情打量这几个亚洲模样的人。

一位大叔笑着问他们从哪里来。

"我们从中国来。"苏恩答。

大叔递上自己的名片，说这是他画廊的地址，欢迎来玩。

雪黎礼貌地接过那张名片，礼貌道谢，又问大叔是不是艺术家。大叔点点头说算是吧，又问他们这兵荒马乱的来以色列做什么。Alice 解释说自己是来读硕士的。大叔也觉得这群面容青涩的外国人有趣，但还是很严肃地说："战争不是玩笑。"说起当年自己入伍的时候，每天要去前线排查，有次紧急行动两队同时出发，自己最好的朋友被另一队的友军给误伤，年轻的生命就这么没了。空气突然安静了几秒。

　　准备起身回耶路撒冷，苏恩问雪黎"你想开车吗？或者我来？"雪黎懒洋洋地靠在车门上："你开吧，我当 DJ。"苏恩摸了摸她的头，笑笑说好。

　　午后的阳光没有很烈，雪黎放着 playlist 里清爽又让人昏沉的小调，像是夏日海边鸡尾酒上的一片柠檬，又像是傍晚的爵士乐配红酒，不知不觉全车人都睡着了。苏恩一个人开着车，看着雪黎像只小猫般睡在副驾上，甚是温暖。他喜欢雪黎什么呢？说不上来，和她在一起总是浪漫又自在，她不是一个能够让人一眼看到底的女生，让人有捉摸不透的惊喜。

　　回到宿舍差不多晚上七点了，大家也都累了，没有精力再聚餐，互相道别后回各自宿舍休息了。

　　苏恩进房间前问雪黎："还早，想不想再一起看电影？"

　　雪黎点头："好啊。"

苏恩邀请她来自己房间，又从厨房拿了些樱桃和蓝莓进来。这还是雪黎第一次来苏恩的房间。东西摆放得错落有致。

"想看什么电影？" 苏恩问。

"都可以，你推荐一部？"苏恩："还是法国电影？"

"哈哈，都行。也可以换个风格。"

苏恩点了点头："你有没有听过一部电影叫《再见列宁》"

"好像听过耶，感觉很有意思。"

苏恩说："嗯，讲的是东德西德的故事。"

作为社会主义国家出来的孩子，对苏联题材的文学电影作品总是十分感兴趣的，尤其后来又到了美国——苏联冷战时期的死对头这样一个国家。历史系也会教俄罗斯史和《共产主义宣言》，但大部分是以质疑的角度去分析。她记得第一次只身前往莫斯科时，大半夜走在红场上的那种激动。这种激动难以言喻，像是嵌在基因里的，托尔斯泰，陀思妥耶夫斯基，这些文坛巨匠也让俄罗斯充满了浪漫悲剧主义色彩。她总觉得人脑是很有意思的器官，现实中看到的事物一旦被文学，历史或是任何其他媒介描写过，都可以被美化甚至神化。

雪黎问："你也对苏联文化感兴趣？"

苏恩点点头："嗯哪，我还学过俄语呢。"

雪黎笑了："怎么没听你说过？俄语很难学的。我外婆当年学的俄语。"

"你不知道我的事多着呢。"

两人坐在床边看起《再见列宁》，电影渐入高潮时，雪黎已热泪盈眶。

苏恩擦拭着她的眼泪说时间不早了，我们睡吧。

学生宿舍的床还是非常小的，雪黎有些犹豫："这样方便吗？"

苏恩轻声说："我们可以挤一挤，我抱着你睡。"雪黎笑笑就也应允了。两人都很疲惫了。雪黎只是想温暖地睡个觉。不过很快情欲战胜了困意。夜色像绸缎般包裹着这间房间，也包裹住了两个年少漂泊的灵魂。

第十篇　　一场石锅拌饭

热闹又平静的周末结束了，一切又回到日常的轨道。大家像往常一般去上课。今天要读的课文讲到犹太的"书葬"文化，之前在耶路撒冷艺术馆已经见识过了一二。真是浪漫的丧祭文化。"不要浪漫化死亡。"想到冥浩曾经提醒过她。

就在这时，几乎所有人的手机软件都收到提示：【Jerusalem, Now】——简短的字句，惊雷般。火箭弹迅猛袭来，窗外满是拦截弹和火箭弹炸开的白烟。

是因为世界杯结束了吗？大家心里都在做各种荒诞猜测。刺耳的防空警报响彻整座教学楼，安娜老师稳住情绪，叫大家赶快去地下室："不要乱，别慌张，排好队，防止踩踏。"雪黎和莫小乔迅速走出教室，楼道上已经人山人海，都是往地下室赶的同学。

隔壁班的 Alice 和 Grace 朝她们打招呼，然后相视而笑，无奈摇摇头，其实已不是第一次进地下室的安全室。这种日子，她们已不陌生。

每次进地下室，都像是一场"全校美女展览"的好机会。雪黎瞥见了一眼前方的一位阿拉伯姑娘，红裙配黑色披巾，眼神深邃而忧郁，一看就是喝着幼发拉底河与底格里斯河的水长大的美人。莫小乔拍了她一下："看什么看，快点走啦。"

来到地下室安娜老师让大家分小组自由练习对话，学校召集老师开会，学生们自然不会好好练对话，都开始激烈讨论。

……

穆罕默德的声音最先爆出："以色列就不流氓了？"

Ariel ："你这么讨厌以色列，为什么不离开？"

穆罕默德站得笔直："我为什么要离开？这是我家。该离开的是你。你们才是外国人，什么都不知道的外国人。以色列政府把本土阿拉伯人常年困在单独的区域，里面跟坐牢一样，连个护照都难办只能拿单独的通行证，哪里都去不了。在这里只能当二等公民，但是你又要他们走去哪？这不是流氓政府的行为是什么？"

莫小乔在雪黎耳边说："穆罕默德这种算是很好的阿拉伯人了，而且他愿意来犹太人建的学校学希伯来语，证明是很开明的家庭的。"

雪黎点点头，这让她更加好奇所谓"极端"的阿拉伯人究竟是什么样的。

这时冥浩走过来，说："最近读了一些施米特的东西，明白了一些道理。"雪黎抬起脑袋问：
"哦？"

冥浩开始了长篇大论："按卡尔·施米特之见，政治的本质就是区分敌友，暴力也是必须的。敌对性之于身份性具有建构意义，而且重大政治的高潮并不是同敌人达成和解或取得一致的瞬间，是'将敌人明白无误视作敌人之时'"。顿了顿，冥浩接着说："其实对于巴以双方来说，和谈真的是没有意义的，他们需要的就是对自身身份的无数次确认，对'敌我'界限的清晰化。在新月半岛，这片对身份政治需求极其强烈的土地上，所有的讨论都是没有意义的，就是要用暴力来强调自己占有这片土地的合法性，强调自己的种族与这片土地的紧密联系。对敌人的界定清晰了，自我才能更加稳固，就是这么简单粗暴。"

雪黎仔细听后想了想说："但这样说，施米特不是非常无法理解'中间地带'？完全的二元模式思考。但这世界很多的微妙都在于中间地带，没有那么界定清晰的。"

冥浩表示肯定但又说："但我觉得对于这场战争来说，只能二元模式思考了，因为双方的界定都不清晰，合理性都一直备受争议，所以他们是非得这样不会罢休。而且双方都是为神而战，这是更可怕的，神是最血腥暴力的，'神'惩罚人类是不需要理由的。"

"是啊，神真的太可怕。"莫小乔也感叹。想到另一天以色列被空袭，虔诚基督徒金说："神就是要惩罚这片土地。"也不知道基督教传教士韩国大叔怎么看待神的暴力的，他可是神的使徒。作为无神论者，雪黎说："与其说神太可怕，不如说大自然太可怕。"

聊着聊着韩国传教士大叔突然过来了，笑着问："晚上要不要来我家吃饭？我老婆做了很多石锅拌饭，快吃不完了。"

一听有饭吃，大家愉快点头答应。

中午，空袭终于平息，天空再度清澈。没有防空警报的时候，耶路撒冷还是那么平静美好，一行人跟着大叔穿过老城的小巷来到一栋简朴的居民楼，大叔家在三楼。

来到神职人员的家中，大家还是很诚惶诚恐，都礼貌地脱了鞋排队乖乖站好。大叔见状打趣道："这么拘谨干嘛，来来坐。"他弯腰从沙发上抱起一个肉嘟嘟看上去三岁不到的儿子说："来叫哥哥姐姐们好"。

厨房里传来锅铲轻响，一位温和的妇人探出头来向大家问了声好，又回去厨房忙碌。雪黎问需不需要帮忙，当然是客气，她笑着说不用。据说，大叔的这位夫人并不简单，当年在埃及传教了十年，而大叔则辗转伊朗传教十年。两人相识于叙利亚的一所基督教堂。雪黎感叹道太神奇了。雪黎惊叹地点点头，又忍不住八卦："那您和夫人是怎么走到一起的呢？"大叔标准化回答："哈哈，当然是上帝的安排啦。"

冥浩此时追问："您追了多久？"

大叔故作神秘又嘚瑟一笑："嗨，哪是我追的，她追我"。一片哗然，莫小乔瞪大了眼珠。此时夫人还在厨房，不知听见这话该怎么想。

大叔娓娓道来，说当年两人在叙利亚一见后互相留了个邮箱地址。插一句，又说叙利亚是个神奇的地方，当时有很多黑帮发暗号就是把球鞋挂在街上的电线杆上。言归正传，大叔之后回了韩国，而她则回了埃及。一年过后，大叔收到一封邮件，是她发来的，说想请教一个问题，他看了不知怎么回答也就没回信。后来又有一次巧合，他们有一个共同朋友在台湾基督教堂做驱魔师，约他们在台湾相见。才又见了一面。

雪黎越听越玄乎，也像魔幻现实主义小说："你确定你们不是在中世纪相识的吗？"这时夫人从厨房走了出来，说："你们别听他瞎说，来准备吃饭了。"此时他俩趴在沙发上的小儿子都已经流出了口水。

饭菜丰盛，色彩鲜明。热腾腾的石锅拌饭、酱汤、泡菜，一应俱全，散发着家的香气。加州的韩餐很多，但食材如此清爽新鲜的石锅拌饭雪黎还是第一次吃到，自从来了耶路撒冷雪黎更是每餐几乎都在吃各种馕各种饼。她默默想：大叔真是幸福的男人。

饭桌上也半句没聊宗教话题，也没有人谈及战争。倒是和大叔扯了下韩国流行文化，比如，G-dragon 什么的，大叔也对这些表示出非常高的热情。问起，为什么他和夫人都精通如此多的语言如此有才华时，他倒是又很自然地回到了本职工作："如果上帝需要你的才华，他自然会给你。"

吃完饭，夜风徐徐，月色刚好。大家千恩万谢离开了。

回到宿舍，雪黎像是藏不住秘密的小孩，迫不及待跑去苏恩房间，分享起韩国传教士大叔与他夫人那段跨越信仰与疆域的邂逅。

"他们两个，居然就这么因为信仰走到了一起。"她感慨。顿了顿，她又说："但我总觉得，那不是爱情。因为大叔的言语之间透露出来的感觉是，因为这样合理。"

苏恩靠在椅背上，看着她问："合理有什么不好呢？"

雪黎想了想又摇头："我总觉得少了点什么…大概就是因为都是韩国人，都是在中东的基督传教士，结合在一起顺理成章。从他的视角可以说是上帝的安排，但从我这种无神论的角度，总觉得那不是爱情。"

　　"但被上帝安排了，跟爱矛盾吗？"苏恩说，："你是不是太迷信'爱情'了？"

　　"就…感觉这样太不美了。" 雪黎轻轻叹气，"在我看来爱是抵达真理的途径。"

　　苏恩笑着说："那你可以看看巴迪欧，他说'爱是一种真理的建构'。当然，他想通过分析两人之间的爱去实现政治实体上的大爱。爱不是让两个人变为一个人，而是让这两个人都变成更丰富的个体，他认为政治上也应该是，在不牺牲个体差异化的情况下，达到一个和谐共同体。"

　　雪黎点头："好，这简直完美。我马上去看。之前没有这样想过。总觉得两个人好像就会变成一个人，如果不变成一个就会一直处于博弈状态，就像辛波斯卡在她的《金婚纪念日》里写的那样——

　　他们一定有过不同点

　　水和火，一定有过天大的差异，一定曾互相投去并且赠予

　　情欲，攻击彼此的差异。

紧紧搂着，他们窃用，征收对方如此之久……

性别模糊，神秘感渐失，差异交会成雷同

这两人谁被复制了，谁消失了？

"你看她这首诗就是认定相爱之两人就在博弈，互相征服占有，最后差异被磨平了。"

苏恩说：我们在构想任何两个人的关系，或一个共同体时，总是会不自觉预设冲突，互相抗衡和征服，直到最后有一方妥协才达到和谐。这很二元论。有没有可能不需要妥协，不需要被征服，两个人在一段关系中都可以成为更丰富的自己？"

雪黎点头："一定是有可能。但前提是，核心价值观上要互相能够尊重和理解。不一样没有关系，关键是理解。"

苏恩："嗯。巴迪欧希望把一个政治体的爱还原到男女之爱，但这个社会的基础并不是男女之爱，至少还需要更多论证。"

雪黎："是的，男女之爱想做到求同存异更容易一些，上升到国家政治层面的话，就像上午冥浩跟我们说的一套暴力的理论，政治也许追求的就是对'敌我'界限的清晰化，毕竟两个国家之间又没有化学反应，又没有要谈恋爱，而是要稳定自己国家人民的生活，利益一致的情况下可能有暂时的蜜月期，但最终目的不是为了结合。"

苏恩："没错，差别还是挺大的，但还是很值得看看。"

雪黎微笑道："当然啊，一听就是很美好的理想主义学说。"

第十一篇　神话

在所有人的耳朵每天被防空警报虐的日子里，隔壁寝室的光旭居然快速地去了一趟土耳其，回来后重新成为单身汉，整个人瘦了一圈。

光旭给每个人带了一个在跨欧亚大桥上买的小礼品。Alice 夸赞："你真厉害，这个动荡时期还敢跑来跑去。土耳其那边现在安全吗？"光旭摇了摇头说："也不算安全，这几年世俗化势力和宗教势力的矛盾就没消停过，这边以色列一打仗，那边也是得随时盯着周边。"

Grace 忍不住问："所以你女朋友？能问吗？"冥浩给了她一个眼神，让她少八卦。光旭笑笑说："没事。她那边挺好的，一去就找到了土耳其男朋友帮忙练土耳其语，她男友人不错，阿拉伯人，还带我们去卡帕多西亚坐了热气球。"Grace 突然来安慰光旭，说："你也可以找阿拉伯美女呀，她们都可爱看韩剧了，现在咱亚洲男生在阿拉伯很吃香的。"光旭反问："我和韩剧男主有半毛钱关系？"

不过话说回来，对"阿拉伯美男子文化"有点研究的女生告诉她们，真正的阿拉伯美男子要满足三大条件：一要壮，二要毛多，三是头发要被发胶浸三遍以上，塑造出缕缕分明的油亮发丝。阿拉伯男人真的会随身带发胶。阿拉伯男人还好用香水。超市里的男用香水和发胶一般都连在一起，比女性洗发用品和化妆品柜台还要大几圈。

阿拉伯地区有较悠长的制香历史，这里男人开始用香水的时候，法国还没诞生。香水是阿拉伯男人的第二体味。而女性则不能用香水，否则有勾引之嫌。如果希望自己闻起来香，只可以用熏香。然而在全球化的时代，亚文化开始冲击主流，阿拉伯青少年的审美正慢慢发生转变。韩流在那边非常盛行。韩剧中塑造的男性温柔，且对女主打不还手的形象迷倒大批阿拉伯女生。

Alice 问："土耳其的旱澡堂温和 Turkish Bath 很厉害，你们去了吗？"

光旭撇撇嘴："我哪好再和前女友去洗澡。"

雪黎笑出声，说："我之前自己去的，一位长胡子大叔给我搓的澡，老奇怪了。"

光旭警觉地问："你确定你去的是正经地方？那边很传统的，不会有跨性别服务。"

之前就说到过光旭的女朋友是位奇女子，当年北大化学系，和光旭一起在学校附近卖过煎饼，边卖边玩手机，结果害光旭的鸡蛋和锅都被人偷了，毕业后去了土耳其。本来是要和光旭一起来以色列的，但好像是学校申请出了点纰漏，想说换去土耳其也算是离光旭近一些，可惜了。

这时门铃响了，光旭说他邀请了一位朋友。开门后只见有位全身几乎发绿光的姑娘幽幽地走进来，声音低柔地介绍道自己叫南衣，今年希伯来语大学研究生二年级，研究亚述帝国。"亚述帝国！"雪黎眼睛突然一亮，像是听到了某种神秘咒语。

亚述帝国曾是古代近东地区最强大，最具影响力的帝国之一，鼎盛时其疆域扩展至美索不达米亚、叙利亚、巴勒斯坦、埃及北部及小亚细亚，公元前7世纪新兴的巴比伦帝国和美索不达米亚的加底亚王朝联合起来推翻了它，标志着古代近东历史上一个重要时代的结束。

雪黎激动地问她："那你平时上课都学什么？"

南衣面带羞涩地幽幽回答："就亚述历史以及古文字，会抄写亚述帝国石碑上的古文字。"说着南衣拿出自己的作业本给雪黎欣赏。看着通篇的阿拉米字母文字，像到了另一个时空，雪黎感到多巴胺分泌都增多了，问："那你岂不是可以看懂《苏美尔王表》和《吉尔伽美什史诗》？"

南衣笑了笑，说："那个表不难读，就是历代君王的名字，吉尔伽美什有点难。"

雪黎接着问："苏美尔王表上面，是不是记载的大洪水前上古君王在位年限都有几百年，大洪水前人们的寿命真的那么长吗？"这个在她心中一直是个谜题，所有的远古文明都提到大洪水，从圣经到中国的大禹治水，几乎所有的古文明文字记载里都会说上古之人寿命更长，小时候读到的那些"神话"是不是根本就不是"神话"而是真实的史料。而我们这些大洪水之后的现代'人类'是不是什么低等生物。冥浩走过来突然摸了下她的头说："又想破解人类奥秘呢？"众人笑作一团。

晚上回到寝室，又没见到苏恩。最近似乎他论文比较多，开始忙起来，两人一起腻歪的时间变少了。刚好北辰问自己有没有空去吃饭，他知道一家很好的土耳其餐厅。"又是土耳其？"雪黎说好，也很久没吃到波斯羊腿了。

这家餐厅不在耶路撒冷的市区，而是藏在离学校不远的一个岔路口。一进去，灯光很暗，每张小桌上都点着一只小蜡烛，光晕跳跃，颇有情调。两人入座后北辰问雪黎最近怎么样，她交代了和苏恩的感情进展后，北辰会心一笑说："你们这个算 summer fling咯？"

雪黎微微一怔："怎么说？"

北辰语气轻松："夏天结束，你回加州，他回伦敦。不然呢？"

雪黎沉默了片刻，拿起菜单，说："我要吃羊腿。"

北辰也不多言，等服务生走远后忽然问："你当时为什么要来耶路撒冷来着？"

"找真理呀。哈哈哈哈。"她笑得带些自嘲意味，又像是真的。

北辰笑出声："哈哈。好的。"

"你呢？"

"说来话长。" 北辰望着烛火，语调也渐渐低了下去，像是要从回忆的水面慢慢捞起什么。

北辰开始从他高三那年的一场病讲起："高三那年，我得了一场怪病，高烧不止几乎失忆导致不能高考。"

"啊？"雪黎看北辰一本正经讲，似乎还有些忧伤和无奈。高考前发烧失忆可真是要命了。

"那怎么办？"雪黎问。

北辰说："有算命师傅说，这个病在古代就是绝症，是要命的，好在现代医学发达，我的命保住了，但就整个人在家休息了一年，于是索性我就去澳门参加了自主招生考试。"他说得云淡风轻，像在讲别人的故事。

"那也很好呀！后来呢？"

北辰却突然换了一个语气，像是进入一场古老的梦境："去澳门前，我路过佛山，在佛山的一个海水市场里，看到一条花蛇，那条蛇实在太美了，我一眼就喜欢上了。"

"嗯？"雪黎一时不太明白他的意思，可能北辰说的是前世的缘分。

"可惜老板说那条蛇不卖，他说这蛇有灵气，不轻易出手。后来我和老板商洽了许久，老板才同意把蛇让给我。"北辰眼神里忽然有光，"于是我就带着那条蛇过了海关来到澳门。过海关时，把它缠在腰间的，怕被发现。"

"真的？"雪黎笑着反问，对北辰的这个说法将信将疑。

"骗你干嘛。到了澳门后，其实我的病还没有痊愈，和同学们也很难融入，整个人还在复健的过程，每天就是那条蛇陪着我。"北辰淡淡地说。

"有时候清晨我也会去一个人去山上倒立。"

"哪座山？"

"澳门的一座山，山上还有座少林寺。"

这雪黎倒是信，澳门肯定是有山，某座山上有少林寺也不足为奇。

"就这样过了一个学期，突然有一天，我家的蛇开始脱皮。神奇的是，它脱皮的同时，我脸上也开始脱皮。"他看着雪黎疑惑的表情，不紧不慢得说："当年我发高烧时把脸烧坏了，脸上坑坑洼洼，没想到脱皮后，皮肤变得光滑起来，整个人也精神不少。那段时间刚好有一部澳门本土作家的电影在挑选男演员，我就神奇地被导演相中了。"

雪黎惊叹："原来你是这样当上演员的啊？"

北辰："是啊哈哈，机缘巧合"

雪黎："演员真是有天赋，讲故事这么玄乎，哈哈。"

北辰："没瞎编，真的。"

北辰继续讲他的人生故事："被导演相中后，就演了那年澳门最火的片子，各大影院都上映了，澳门现在在着重发展文化产业，培养本土导演和艺术家。本来我也可以好好在澳门发展，但可是我总觉得那不是我想要的。"

雪黎："你想要什么呢？"

"我想要……帮助他人。"

她一口土耳其红茶要快喷出来。

"你别笑。"北辰一脸严肃。

这时波斯羊腿上来了。波斯炖羊腿是雪黎最爱的一道土耳其菜，配以石榴汁、核桃和土耳其香料烹制而成，羊腿先腌再烤特别入味。

"你真的别笑，我后来发现。只有通过真诚地帮助他人，我才能真的开心。"

"天啊，跟耶稣一样。"雪黎调侃，她其实并不完全相信纯粹的利他主义，总觉得利他背后也藏着利己的影子，但也有几分动容。或许是自己不够无私才这样想？有句名言说得好：别人眼中的你不是你，你眼中的别人才是你。

北辰笑笑："耶稣不敢当。但我因此对基督教产生了兴趣。"

"所以这是你来耶路撒冷的原因？帮助他人？"

"是啊，所以我学的慈善管理。"

雪黎："Amazing, 那你要不要帮助下我？"

北辰笑了："你有什么需要帮助的地方？"

"哈哈，开玩笑的，我还是算了。没有过不去的坎，人生的路都得自己走。"

外面突然下起了雨。耶路撒冷的夏天不常下雨，只有冬日里才阴雨绵绵，所以很罕见，雨滴敲打窗台。两人又点了个 Baklava 。

边吃他的话匣子又打开："当年在澳门还有件事挺神奇。"

"还能比那条蛇更神奇？"

"你听我说。有天晚上我失眠，去了家 24 小时便利店。刚进去，迎面走来两个辣妹。结果其中一位突然拉住我说——你的眼睛很像我爸爸。"

雪黎没有打断他，继续往下听。

"她给我留了个电话，说如果哪天无聊了可以打电话。我当时也愣了一下，但也没往心里去。几个月后，有天我真的特别无聊，突然想起这事，就找到了纸条上的电话，真就拨了那个号码。她说今晚有个 party 要不要来。我一冲动就去了。"

"去了后一推开门，满屋子都是她那样高挑的辣妹，妆容精致，就觉得有点奇怪。"

雪黎说："这有什么奇怪的，超模小姐妹的聚会嘛。"

北辰摆摆手说："不是的，不一样的气质，仔细看了看才意识到，那是一屋子人妖。那姑娘，哦不，人妖，看我来了就领我到她房间，我感觉不太妙但也不好意思走掉，怕显得不尊重。"

雪黎："所以你没走？"

北辰苦笑："对，我说我先去洗个澡。洗完出来后，看她还在和其他人妖姐妹 party，我就借机说要困了，想睡了。"

雪黎无法理解这个逻辑，不好走掉，然后好意思在人家家洗个澡然后说困了。北辰接着说："等到很晚的时候，她以为我睡着了，其实我的意识还是清醒的。月光下，我看见她在卸妆，卸完妆后那确实是张男人的脸。"

"睡觉前她还在服药。我知道人妖都需要药物维持的——那是个代价巨大的身份。需要吃很多激素，寿命都不长。"雪黎说那真是很可怜，然后又吃了一口 baklava。

"她来到床上，我感觉到她正盯着我看。后来她吻了下我的额头，在旁边睡下了。第二天天还没亮我就赶紧起床，想趁她醒之前走掉。出房门的时候，我感觉到她翻了个身，回头看了一眼，她没有醒，但是眉头紧锁….我感觉到她可能会不开心，走过去亲了一口她的手背，然后离开了。"

讲完这个故事，饭也吃完了，窗外的雨细细地落着。两人沉默片刻。起身离开餐厅。小雨里，北辰把雪黎送到她宿舍楼前。雪黎说："这个世界好神奇，你跟我讲的那些就像神话一样，也许我们都是外星

人，苏美尔王也都在位两百年。"北辰哈哈大笑说，
早点休息吧。

第十二篇　死海满月

　　空气中弥漫着淡淡的盐味，星空的明亮与大地的黑暗分割，岸边的岩石和盐晶在月光下闪烁，满月高悬夜空中，柔和的月光洒在死海平静的水面上。远处的山脉在月光下显得轮廓分明，与死海的宁静形成鲜明对比。

　　死海，位于以色列和约旦之间，世界上最低的陆地点。

　　Alice 躺着望月，问 ："满月代表什么？"

　　雪黎："时间满得溢出来了。" Alice 笑了一下："瞎扯。"

　　Grace 转过身，看着两人说 ："雪黎的意思是…就是时间吧。"

　　Alice ："这我知道。时间真的是有趣。" Grace 若有所思 ："时间不是线性的。"

雪黎说："想起之前学校有位汉学教授对比墨子和奥古斯丁的时间观。还问我们在墨子看来，时间是不是线性的？"

Alice 笑了："哈哈哈，你怎么说？"

"我忘了。现在要我说的话：我不是墨子，我怎么知道墨子认为时间是不是线性的。"三人笑晕一片。

她们躺在满月的月光下，无人经过的桥边，身下是被月光润泽的石板，头顶是澄澈的夜空。望向死海，你一句我一句，有一搭没一搭地说着。话语像散落在水面的星光，没有逻辑，却有一种说不清的默契与宁静。"

这趟死海之旅是雪黎和冥浩一开始要去没去成的。这一次终于成行，还是和大家一起更热闹。雪黎租的车，北辰和她换着开，Alice、Grace、冥浩三个人坐后座。像一场迟来的夏日逃逸。

苏恩这次未能一起。出发前，他的前女友突然从伦敦来到耶路撒冷。那日打开宿舍门，雪黎看到 Christitne 躺在苏恩的怀里，眼睛幽蓝、面色苍白。感到世界短暂地停顿了。她作为逆行者，在耶路撒冷打仗期间，从伦敦跑过来实在也是为爱勇气可嘉。但就这样无情地入侵了本属于雪黎和苏恩的耶路撒冷。

那一刻，雪黎想，为了爱情，人们能做到什么地步，在这个遍布冲突、流亡与信仰的土地上，爱情的重量能否经得起考验？

忽然想起张爱玲那句老话："遇见你，我变得很低很低，一直低到尘埃里去，但我的心是欢喜的。并且在那里开出一朵花来。"以前她有过这种心态，但她讨厌那样的自己。记得大二时的那个 PhD 男朋友分手时曾跟她说："我没办法放下舍弃一切来找自己的那个人。"怎么历史又快重演了呢。

　　拉回今时今日。

　　雪黎轻声问："你们见过的最美的月亮在哪里？"

　　Alice 眨了眨眼睛："我见过最美的月亮，在你的眼睛里。"

　　Grace 笑出声来："得了吧你们，哈哈。"

　　雪黎也笑了，拿出她的常用句："我见过最美的是唐朝的月亮，在张若虚的诗里。"

　　不远处的另一座桥边，沙滩上人们正举行一场满月派对，音乐响彻海滩，电子音乐的低音鼓点与传统乐器的旋律交织成一种迷幻的节奏，人们跳舞、欢呼，火舞者赤脚在沙滩上表演，火焰在他们的手中、肩膀与眉宇间翻腾跳跃。那是属于 E 人的活动，北辰和冥浩两人去参加了。

　　这时，一箱冰镇啤酒"哐当"一声摆上她们面前。是圣何西带来的——那个在死海边新交的朋友。特拉维夫大学计算机工程的研究生，周末独自来死海度假，或者说是逃离特拉维夫。他是为数不多从比较文学专业转学计算机工程的人，所以和雪黎她们还算有共同语言。

"我很多同学都很痛苦。"圣何西一边分啤酒一边说，"他们读比较文学，却总在抱怨社会不公，找不到工作。到后来我也想明白了。"

Alice 问："你是怎么想明白的？"

他喝了一口啤酒，语调平静却清醒：："我后来想明白了，是我们搞错了衡量的标准。人文主义，思辨能力这些，很多时候就是反功利主义的，然而金钱是功利主义的终极衡量工具，你要用一个反功利主义的事物去换取功利主义的衡量工具，就是一件很矛盾的事。你既要反对一个主义，又要去得到这个主义的衡量工具，能得到才是很奇怪。一切反功利主义的行为换取的一定是无法用金钱衡量的，比如，一个忽然的灵感一段美好的友谊，等等。"大家没有评论，都似乎在回味他的话。他接着说："我很多同学很痛苦，抱怨社会不公。但问题是，你们学的是比较文学，都学这个了还想着赚钱，是不是本身就不对？后来我有些厌烦了。干脆转行。"

Grace 说："确实，很多事情如果把底层逻辑想透了，就不矛盾了也就不痛苦了，接受选择本身会带来的结果。"

雪黎说："确实，我有个朋友博士研究的恐龙，毕业后找不到工作，他倒是也没抱怨，但我很惊讶，都博士毕业了怎么会找不到工作。仔细又一想，研究恐龙的职位这个世界上也没几个。他还告诉我美国自然科学博物馆就只招两三个恐龙研究员，都是行业泰斗，以前总想着冷门的学科竞争会少，但是这些冷门学科的社会需求也低，最后可能是三四个人竞争一个职位，还是一样的难。"

圣何西点点头："是吧，如果把人作为生产机器来看价值的话，还是看个供需关系。"雪黎皱起了眉说："那这个很悲哀呢，把人按'价值'衡量。"Grace 笑了笑："又要骂资本主义咯？"

不远处的派对渐渐安静下来，人们围坐在篝火旁，可能和她们几人一样，分享彼此的故事。冥浩和北辰此时过来，脸上还留着没擦的绿色荧光颜料。北辰很快续上了方才的谈话，他说："现在也不是资本主义的问题，绩效社会，什么都看指标，加上新媒体时代，人人都开始过度曝光自我，同时也是一种自我剥削。其实现在谁没有饭吃呢？谁没衣服穿呢？但为什么还要疯狂囤积疯狂刺激消费呢？"

冥浩沉思了一会儿说："这不是社会的问题，也不是这个时代的问题，归根结底还是人类无法解决的死亡问题。金钱也好，资本也罢，都成为一种对抗死亡的手段。我们无论拥有多少，还是需要继续证明自己，继续剥削自己去成为'更有价值'的人，因为害

210

怕死亡。仿佛只要我们不断生产，不断创造，死亡就会延迟到来。"

圣何西摇摇头说："你们这些学人文的，动不动就聊到死亡了。我之前一个好哥们也是，大学四年在文理学院学艺术史，说最终就学到了一点：美就是死亡，后来去一个博物馆的档案部工作，每天也没什么太多的事情做，有天就突然问我说，何西，我四年学会了'美就是死亡'有什么用呢？我现在暂时又还死不了。"

冥浩笑笑着喝了一口啤酒说："哎，就是被判了有期徒刑。"

篝火劈啪作响，夜色像墨泼的一张信笺，满月是唯一的回信。

第二天几人早早起床，今天的任务是开往更南边的一片沙漠，去完成他们此行最有趣的一项任务——骑骆驼。清晨的耶路撒冷街道尚未苏醒，出发前雪黎下楼买咖啡，途径一家服装店，落地窗前，摆着一条紫色公主裙，她不由驻足，凝视良久。在 Grace 的怂恿下，她进去了。

老板娘十分亲切，热情地把裙子从模特身上解下来让她试穿。在试衣间的帘子拉开的那一刻，连路过的行人都停下脚步张望。她感觉这条裙子就是属于她的。老板娘感慨说："人生有很多奇妙的时刻你永远不会忘记，我永远不会忘记你穿上这条裙子出来的那一刻。"雪黎不得不买了，甚至她有个疯狂而浪漫的想法：要穿着这条裙子去骑骆驼，像大漠里出逃的公主。

驶往那座隐匿在沙丘间的村庄的路并不平整，布满碎石和尘沙，像通向另一重世界的秘密通道。雪黎穿着紫色公主裙一副没心没肺的样子开着车，北辰坐副驾，笑她疯。

路过一个哨亭，几个扛着长枪的以色列士兵挡在前面。她摇下窗户，士兵们突然笑了，估计是没见过一群亚洲女孩子在这边自驾游，问她们从哪里来的，回答说中国，士兵们摆摆手放她们过去了。

开着开着，渐渐，仿佛进入了《沙丘》的世界，起伏的金色浪潮延绵不绝。远处，一座穆斯林风格的小房子孤独矗立，门旁拴着几只高大的骆驼。下车后，并没有工作人员来迎接，他们便走进那座小房子。屋内，几位阿拉伯大叔很悠闲地坐着沏茶，还有一位东方姑娘，见几位也从东方而来的客人十分热情，问："是要骑骆驼吗？"

Alice 说："是呀！"

"你们是中国人吗？"女子笑问，大家说是呀是呀。

于是她开始介绍自己叫梦凡，五年前来到以色列，因为迷恋三毛笔下的沙漠生活，嫁给了这里的贝都因人。大家围坐下来，边喝茶边聊了一会儿。梦凡抱起角落里的一把乌德琴，给大家弹了首曲子，是阿拉伯歌手 Souad Massi 唱的民谣叫，叫《Salam》。听不懂唱得是什么，但悠扬的音韵像是一位忧伤的女子坐在大漠之上怀念曾经的爱人。唱完后良久，几人还沉浸在这种说不出的美中，Grace 说："感觉心灵被净化了。"冥浩笑着问："你原来是有多脏。

梦凡忽然意识到时间不早了，有些歉意地站起身："太阳要下山了，再不出发可能就太迟了。"于是，一位身形瘦弱的阿拉伯男子领大家出来。他穿着贝都因人长袍，头上包着白色头巾，给每人分配适合的骆驼。据说旗手和骆驼的分配需要考虑到性格和性情，和人一样，每峰骆驼都有自己独特的性格，有些骆驼比较温和安静，适合喜欢平稳的人；有的则较为活跃，适合喜欢冒险和刺激的人。分配的人需要观察力非常细致入微，能够在十几分钟的交谈和互动间分辨。雪黎被分了一只瘦小的骆驼，模样乖巧，在队伍的最后面，有可能是看她穿着公主裙不太方便跑起来的样子。

夕阳下，驼队整装待发，一行人的影子被夕阳拉得很长，颇有武侠小说《七剑下天山》的戏剧感。

骆驼最初只是跟着领队慢慢前行，蹄子在柔软的沙地上踏出深深的脚印，柔和的晚风轻轻拂过，带来一丝凉意。雪黎一手握着缰绳，另一只手拿着手机一路自拍。渐渐，他们走到了崎岖不平的小山坡，骆驼的脚步开始加速，飞快地掀起沙尘，奔驰在沙丘之上，恍如梦中。

　　骑行结束，几人围坐在一起商量今晚的计划。天色渐暗，经过一番讨论，决定今晚就不回死海了，而是在这片区域住下。据梦凡说今晚这片能看见流星。

　　他们上车，开去附近一家小旅馆，窗外的世界一望无际，分不清是还未开垦还是已被废弃，大地辽远动荡，所有的方向都是一个方向。若是没有导航真的不知道要开向哪儿。Alice 说："终于懂了三毛追求的那种美，那种孤零零中的温暖，可以具象为：一望无际中孤零零站着的一座小房子前的一盏灯。"Grace 这时问："我们是不是应该先等流星？"于是几人就找了一片空地停下车，打算坐在车顶看流星。

　　冥浩问："有具体说几点钟吗？"

　　"没有，大概 around midnight。"Alice 摊手。说着她打开车的射灯，强光瞬间照亮前方沙漠，雪黎站到车灯前，站在戈壁的腹心，大片既视感。

Grace 看着这一幕，觉得这种美极不真实，她突然想到《在路上》那句著名言——

"我只喜欢这一类人，他们的生活狂放不羁，说起话来热情洋溢，对生活十分苛求，希望拥有一切。他们对平凡的事物不屑一顾，但他们渴望燃烧，像神话中巨型的黄色罗马蜡烛那样燃烧。渴望爆炸，像行星撞击那样在爆炸声中，发出蓝色的光，令人惊叹不已。"

北辰问："你喜欢这样的人吗？"

Grace 眯着眼望向远方说："当年我读到这句时觉得太疯了，痴人说梦，哈哈，感觉冥浩喜欢。"

冥浩问："喜欢什么？渴望爆炸的人吗？"

雪黎说："又让我想到了最爱的那首诗，郭沫若的

《天狗》。"

我是一条天狗呀！我把月来吞了，我把日来吞了，

我把一切的星球来吞了，我把全宇宙来吞了。
我便是我了！我是月的光，我是日的光，
我是一切星球的光，我是 X 光线的光，
我是全宇宙的 Energy 的总量！我飞奔，
我狂叫，我燃烧。

我如烈火一样地燃烧！我如大海一样地狂叫！我如电气一样地飞跑！

……

我在我神经上飞跑，我在我脊髓上飞跑，我在我脑筋上飞跑。我便是我呀！

我的我要爆了！

Alice 笑到抽筋："太神经了这首诗，郭沫若真不错。"

Grace 又问："你们说人为什么总想爆炸呢？爆炸不就要死了。"

北辰顺着她的思路问："对啊，流星不也是一种爆炸，可我们为什么要深更半夜坐在沙漠里，就为了等一颗爆炸的星星？"

雪黎轻轻说："也许因为，凡是发光发热而后消亡的事物，就是有种美感。"

Alice 点头附和："是啊，茨维格的《人类群星闪耀时》也有那种美感。"

冥浩接着说："美，不就是死嘛。我一个朋友在巴德文理学院学了四年术史，毕业后去了一个美术馆档案馆工作，他跟我吐槽，说四年就学到一个精髓，美就是死，但他毕业后也没有要立刻去死，知道这个有什么用呢？"

雪黎笑笑说："怎么你好像说过这个故事。"

Grace 拍拍两人的肩，说："你们别忧郁了，我们先燃烧燃烧好吗？"

冥浩发挥呆子的本领，接着说："其实就是弗洛伊德说的死本能（Todestrieb）。死本能会制造出破坏性冲动，这些冲动周而复始，直至在一个客体身上释放出来。死亡与暴力，与美都是一脉相承的。爆炸就是一件很暴力的事，但又很美，终点又是死亡。"

Alice 突然问："你们有没有发现，沙漠最令人恐惧的特质，也是塑造沙漠民族的特质。"

Grace ："什么？"

Alice ："没有水。有水的地方，又是死海。"

是啊，死海，就是一片死亡之地，盐分浓重到几乎无法孕育生命。以色列的强大在于他们发明了滴灌技术，在沙漠之上，还能确保每一滴水都流入了庄稼里，要是没有这个技术的，人如何在这片土地生存呢？

那天晚上，他们没有等来流星，可能时间太晚，错过了，也可能没有星星燃烧，没有星星消亡。

第二天回死海的路上，车窗摇开，风中仍夹着沙的味道，嘴里也不免进几粒沙。他们跟着收音机里的说唱乐队 Café Shahor Hazak 一路乱唱着，也就忘记了流星和燃烧的事。

第十三篇　耶路撒冷再次沉睡

　　耶路撒冷诗人耶胡达·阿米亥曾写过一首《耶路撒冷的沉睡》：

当这选中的民族

组成一个普通的国家

掘井，建筑房屋，修建道路刨开土地铺设管道

我们，这古老风景中最年幼的孩子躺在低矮的房屋里

我们头上的拱顶充满了爱口中的呼吸也是

正如这土地当初被赐给我们如今我们应回报它

在耶路撒冷

在这片多石的土地上沉睡。收音机

夜夜带来的消息，来自另一个白昼的国度言语在我们这里是苦涩的

就像一枚被遗忘在树上的杏仁

在遥远的国度它被唱着，是甜蜜的就像黑夜的火在橄榄树内燃烧一样一颗永恒的心也在燃烧着

不曾入睡

阿米亥的这首诗，安静与毁灭性并存。借用诗里的隐喻，耶路撒冷大概就是一棵体内正在燃烧的千年橄榄树。我们每个人每天很多时候又何尝不是呢？

在回耶路撒冷的高速上，两天没响的防空警报突然又开始了。雪黎正开着车，慌了神，高音警报刺耳，不知道要去哪里找防空洞和安全室。高速公路上的车都停了下来，车头灯一排排闪着警示的光。看前排车的司机纷纷下车趴在高速上，北辰大声提醒："快下车，趴下！"于是大家俯身匍匐在柏油路面上。这是唯一的方式。

防空警报一直在响，高速路上的人们就这样趴了半个小时。雪黎偶尔抬头看天空中火箭弹撞击过的痕迹，像巨鸟飞过的痕迹一般，快趴出了眼泪。为什么要来这里呢？是什么让这里的人一直坚持下去？

回到学校后，战争日益严峻了。一进教室，Ariel就对雪黎喊："你知道吗？昨天一名恐怖分子冲撞了一辆公共汽车，还拿出机枪试图杀死一名以色列国防军士兵。还好 IDF 士兵只受了点伤。但离我们住的地方太近了！！"紧接着他又说，"火箭弹居然炸到

了特拉维夫机场，机场被强迫关闭至少三天，这也意味着至少这三天内没有人能离开这片土地。"

"除非走陆路，从约旦走。" Ariel 说。

莫小乔托着下巴蔫蔫地看着雪黎，一脸无奈又自嘲地说："我现在懂了什么叫不作死就不会死。"

雪黎也跟着哈哈大笑："真是要作死的节奏了吗？"

没过一会儿莫小乔更忧郁了，收到邮件说两个月后大韩航空的机票被取消了，全班同学都是问：谁的航班没被取消？

雪黎看了眼自己买的俄罗斯航空 Aeroflot 还没取消，心想可能是战斗民族的关系，不会轻易取消危险地区的航线，她默默敬佩了一下。

在一片紧张严肃的氛围中，这周学校居然还请了优秀的犹太学生代表 Rudy 来学校介绍全世界的犹太离散群体。他满腔热忱，仿佛不受战争影响。激情洋溢地和同学们介绍自己花一年时间在埃塞俄比亚找到了黑人犹太族群。

放学后，雪黎打算和莫小乔出门散散心，她去死海租的车还没还。两人难得开着车在耶路撒冷老城兜风。突然前方出现一个阿拉伯小男孩手持一根大长棍，雪黎感到脊背发凉，不会她要被袭击了吧，莫小乔也紧张地不敢说话。她们慢慢开着，在快接近他的时候，许是小男孩看见是两位亚洲女子，收起了木棍，露出了微笑，两颗悬着的心才放进肚子里。

莫小乔长吁一口气，说："哎，如果我们是犹太人，估计那个毛孩子就要拿木棍砸车了。"

雪黎说："是啊。"她又侧身问莫小乔："你觉得，村上村树说的，在高墙和鸡蛋之间，他一定选择支持鸡蛋，你怎么看？"

莫小乔说："谁是高墙谁是鸡蛋，有时候很不好区分呢。"

"也是，有些人看着像高墙，其实一推就垮，这要怎么算？"雪黎想了想，叹了口气，也是，无论是鸡蛋还是高墙，如果是拿它们比喻人的话，都有自己的暴力。

回到寝室，室友们都在谈论机场被关停的事。

Matthew 说："我有朋友在约旦，大家如果现在想走，我们可以租车一起去约旦。"

"可考试怎么办？马上就期末考试了。"俄罗斯姑娘叶琳娜问。"

"真的是好学生。"她的男友心疼地看着她说，"命都要没了，还想着考试，你真的是个大书呆子。"

雪黎也在想，难道现在就走？但她对约旦一无所知，只知道那里有一线天可以骑着骆驼穿过岩壁之门。又一想，都熬了这么久了，战争刚开始时不走，到现在走？还不如考完试再看。机场也不可能一直关，说是三天，或许三天之后就能回复了。这时苏恩从自己寝室出来，雪黎试图躲避与他目光相遇。

Christine 好像已经离开。但现在几乎生死存亡的关头，爱情也显得不那么重要了。或者战争让人们更依赖爱情给予的幻象，在不切实际中寻找安全感。就像传说中二战时期法国人，城市被轰炸时，都关起门在屋里做爱，在废墟中寻求温存。

苏恩先开口对她说话："我可能期末考试前就走。"

Coward，雪黎心里骂，但又觉得好像没什么好骂的。

苏恩接着说："我会先去 Eliat（埃拉特），然后去约旦的 佩特拉（Petra）。你要一起来吗？"

雪黎摇摇头说："我的俄航还没取消呢，我考完试坐飞机走。"

苏恩问："俄航？怎么不坐美国航班走？"

雪黎翻了个白眼："美国航空最早宣布停飞的。"她不打算错过期末考试，在这样紧张的环境下学了这么久，不拿到一个专业认证成绩实在有点不甘心。

苏恩明天就要回英国了。走之前，他约她来到伊甸园——是的，那个传说中亚当和夏娃的伊甸园。其实对于雪黎来说，和苏恩在一起总能感到欲望在流动，那颗苹果就这样悬挂在树上，等自己去采摘。

伊甸园坐落于橄榄山上。那山上有一整片安静肃穆的犹太墓地，是全以色列最贵的犹太墓，一座墓穴大概价值一百万美金。据说，犹太人相信，当弥赛亚降临时，橄榄山的人会先复活。

苏恩半开玩笑问雪黎："你死后会想花一百万美金被葬在这里吗？"雪黎说自己墓地早就买好了，知道自己最终要去哪儿。

到达伊甸园的途中，经过了圣墓教堂。传说中，圣墓教堂在每天晚上关门时都有一个奇妙的古老锁门仪式。更神奇的是，耶稣钉十字架和复活的圣墓教堂的钥匙不是由教会保管，而是由穆斯林家族保管。在关门前十分钟，守门人就会开始敲门叫圣墓教堂的人出来。看到梯子，听到敲门声时，里面的人把钥匙传给守梯人。那人会将梯子架起，由另一个人攀梯锁门。最后，梯子透过墙上的小洞被送回屋内。千百年如一日。

他们来到伊甸园。

伊甸园很小，种满了橄榄树。其实传说中的禁果不是苹果，而是橄榄。只是在基督教的传说里，把橄榄改成了苹果。像许多故事一样，随着语言和信仰被悄悄改写。

苏恩用他一如既往温柔的眼神看着她。试图向她靠近。雪黎下意识躲开他，与他保持十厘米的距离。

或许是太安静了，雪黎拿出自己之前写的诗，开始读：

《读给我听》

你把手稿要到手过了条长长的河
开始消磨时光磨出手茧开始读手稿中最吸引人的部分
就这样坐了一个上午 直到有了倦意出来散步
从这里拐弯，沿着伊立苏河走
由你选，找个安静的地方我们可以坐下来你从来不穿鞋
我们蹚水也没什么关系
特别是夏天 在溪里走更开心那里有树荫，风凉
有草地可坐
如若我们愿意
还可以躺下
哎，这不就是刚才要找的那棵无花果树吗？
树木和田园不会教我的事

你都教了
没有什么可以诱惑我百毒不侵
而你可以让我跟你跑遍整个阿提卡
现在 我们已经到达
那就躺下 选一个舒适的姿势
读给我听吧

　　这首诗承载了她对苏恩剩下的最后一丝情欲。读
完后，仿佛一切都放下了，一切都完成了。

第十四篇　人类简史

那次耶路撒冷之行没能见到 Harari，后来邮件中，我问他人生的意义，

他说：

When people look for the meaning of life, in most cases they expect to be told

a story. Homo sapiens is a storytelling animal, that thinks in stories and believes that the universe itself works like a story. It has heroes and villains, conflicts and resolutions, climaxes, and happy endings. We think that in order to understand the meaning of life, I need to know the story of the universe and discover what is my role in the story. But the universe isn't a story. It has no script, and I have no predetermined role to play. All the stories people tell about the universe–the Jewish story, the Christian story, the Muslim story–they are just fictions invented by humans.

当人们寻找生命的意义时，大多数情况下，他们期待一个故事。智人是一种讲故事的动物，它以故事的方式思考，并相信宇宙本身就是一个故事。故事里有英雄和恶棍、冲突与和解、高潮部分以及幸福结局。我们以为，为理解生命的意义，需要了解宇宙的整个故事，然后去发掘"我"在这个故事中扮演的角色。然而呢？宇宙并不是一个故事。它没有剧本，也没有预定的角色。人们讲述的所有关于宇宙的故事——犹太故事、基督教故事、穆斯林故事——都只是人类发明的虚构故事。

When people hear this, they often become terrified. Without a cosmic story, they don't understand what the point of living is. They are like a person who had studies for years to become an actor, and on the day, she finally graduated from school, she learns they have just shut down all the theaters and closed the last film studio.

Hi, and what will I do now with my life now?

当人们听到这些时，他们常常会感到恐惧。没有了宇宙故事，他们不明白生活的意义是什么。他们就像一个为了成为演员而学习多年的人，在毕业那天，她得知所有的剧院都关闭了，最后一家电影制片厂也倒闭了。嗨，我现在该怎么办呢？

But there is no reason for despair. Reality is still there. You cannot play a part in any make-believe drama, but why would you want to do that in the first place? When you give up all the fictional stories, you can observe reality with far greater clarity than before, which is much better than any fiction. When you wake up in the morning, just focus on reality. If you really know the truth about yourself and about the world, nothing can make you miserable. But that is of course much easier said than done.

但其实并没有理由绝望。现实依然存在。你不能在任何虚构的戏剧中扮演角色了，但首先你为什么要去扮演这个角色呢？当你放弃所有虚构的故事时，你可以比以前更清晰地观察现实，这比任何虚构小说要好得多。当你早上醒来时，专注于现实。如果你真的了解自己和世界的真相，没有什么能让你痛苦。但这当然说起来容易做起来难。

As a teenager and as a student at university I was a very troubled person. The world made no sense to me, and I got no answers to the big questions I had about life. All I got were fictional stories about God, about the nation, about family, about career. I had the sense to realize they were not the truth, and I had the courage to admit it to myself, but I had no idea how to find the truth about life. A good friend nagged me for a year to go to a Vipassana meditation course. I thought it was some New Age mumbo-jumbo, and decline to go, but after a year I gave it a chance anyway. What could I lose?

当我还是一名青少年，一名大学学生时，我是一个非常令人担忧的人。

这个世界对我来说毫无意义，对生活中遇到的问题也没有答案。得到的只是关于上帝、国家、家庭和职业的虚构故事。我意识到这些不是真相，也拥有承认这些不是真相的勇气，但我不知道如何找到生活的真相。一位好朋友唠叨了我一年，让我去参加内观冥想课程。我以为这是新时代的一场闹剧，拒绝去，但一年后我还是给了它一次机会。反正也无伤大雅。

The teacher at the course, S.N.Goenka instructed the students to sit with crossed legs and closed eyes,and start meditating by just observing the breath coming in and out of their nostrils."Don't do anything,"he kept saying"don't try to control the breath. Just observe the reality of the present moment,whatever it may be. When the breath comes in, you just know–now the breath is coming in.

When the breath goes out, you just know–now the breath is going out. And when you lose your focus and your mind starts wandering in memories and fantasies, you just know– now my mind has wandered away from the breath". It was the most important thing anybody ever told me in life.

该课程的老师 S.N.Goenka 指导学生们双腿交叉，闭着眼睛坐着，通过观察鼻孔进出的呼吸开始冥想。

"什么都不要做，"他一直说，"不要试图控制呼吸。只要观察当下的现实，无论它是什么。当呼吸开始时，你就知道——现在呼吸开始了。当呼吸停止时，你知道——现在呼气开始了。而当你失去了注意力，你的大脑开始在回忆和幻想中徘徊时，你只知道——现在我的大脑已经远离了呼吸。"这是我人生中别人教会我的最重要的一件事。

I remember sitting there and observing the breath going in and out and realizing that this is what I have been looking for my whole life. It was like a million tons being lifted from my shoulders. If you want to know the truth, you don't need to believe in any story, you don't need to understand any complicated theory, and you don't need to directly observe the reality of the present moment. What is really happening right here, right now. Anything you really observe is perfectly ok. It is the reality.

　我记得坐在那，观察呼吸的进出，意识到这就是我一生都在寻找的东西。这就像是从我的肩膀上举起了一百万吨。如果你想知道真相，你不需要相信任何故事，不需要理解任何复杂的理论，也不需要控制、创造或判断任何事情。你只需要直接观察当下的现实。现在这里发生了什么。你真正观察到的一切都很好，这就是现实。

　后来雪黎也明白了，不存在一个答案，不存在一个意义，一切都是在生成的过程中。许多终生跋涉的香客，不停地寻找一座根本不可能存在的神庙。没有那个传说的起点与终点，即使到了伊甸园，还是要不停地走。

　过了几周，机场终于重新开放了。骆驼从沙漠一直走到了西伯利亚，蝴蝶从虫蛹中再生，风不停往行李箱里灌，大家纷纷道别。

　他们的最后一通电话。苏恩："你来英国吗？"雪黎："你来美国吗？"然后就这样过了十年。

后记

一切存在的事物，终究是为了不存在而存在的。某人曾这样说。

树木结出果子，落在土壤里，或被摘掉，吞食，果实消失。我们存在，然后繁衍，消失，或者不繁衍直接消失。不管怎样，总有些事物的消失是为了其他事物更好地存在。

那年狼烟四起的耶路撒冷教会雪黎很多很多。比如自己的包不能乱放，否则周围人可能以为是炸弹。又比如，有些朋友，会在记忆深处长久驻扎。

Alice 后来回国创业；莫小乔去了法国读阿拉伯比较文学博士；Grace 回美国，结婚、生子；冥浩去了香港做金融；北辰留在以色列，娶了犹太姑娘；光旭在以色列加入了支援巴勒斯坦的 NGO。

虽然难忘，但她们都消失在彼此的生活中了，因为地理距离，因为人生轨迹。这个世界上有个概念叫邓巴数：现代人的团体规模极限是 148 人，148，是现代人在社交时建立稳定关系的人数极限。一旦生活中和我们互动过的人数超越了"邓巴数"，大脑就会出现记忆模糊。所以总有些人会进来，有些人会出去。

有一年莫小乔突然写了一封信介绍自己生活的城市：这座城市有一条 Rue Du Premier Film，这条路上有一间故居改建而成的 INSTITUTLUMIERE，这里曾经居住着卢米埃尔先世和他的两个儿子，这座城市是里昂。

雪黎回信给她，信里面附上了一首小诗，说是受她启发：

如何在正午感受闪电感受你

只身进入火烧云

进入朝生暮死的世界正午

太阳最高点 盯着烈日

直到双目失明

不受重力与时间的允许 从池塘水底走进屋内小雨旋转的是我们，而非宇宙不朽，绝无可能

冬天，太冷烤火

火烤着我春天降临

你说和你的恋情要基于三个原则

一、人类的语言有缺陷

二、人和人能沟通这件事仍值得商榷

三、一切理解都是对自身的理解

又过了几年，莫小乔搬家了，从里昂搬到了巴黎。雪黎与她在巴黎相见，她们一同去了 Pink Mamma 吃意面。聊到更小一点的时候大家还苦恼着"被理解"与"被接受"的执念。不接受世界这样或者那样，或担心世界不接受自己。到现在都无所谓了。

北辰后来一直都在耶路撒冷，再也没有离开。雪黎问他："没有想过回家吗？"他说自从高三那年生了病，父亲就开始相信算卦先生，去澳门念书的时候他感觉到父亲对自己越来越不关心。后来隐隐约约地，从母亲那里得知，算卦先生曾跟他说自己是父亲的克星。"那就没有必要回家了，离他越远对他越好。估计他也是这么想的。"

这让雪黎想到上初中的时候，母亲在洗手池边，边拿着玻璃杯边和她说话，忘记说了些什么，似乎有些争执，突然玻璃杯滑落打碎在池子里，碎渣飞溅起来，滑破了母亲的手。她顿了下，喃喃地说了句："你还真是克我。"这段记忆前后呼应，每次想到母亲雪黎也很自然的会想到北辰。虽然有次，母亲好像也说过完全相反的话，说雪黎是她的福星。再后来，克星还是福星似乎也没有意义了。

那年在耶路撒冷因为战争有好多地方没去，加利利、黎巴嫩隧道，还有约旦。苏恩后来都去了。时间一晃十年过去了。

哦，对。雪黎的母亲非常不喜欢耶路撒冷。但她同时也对她说过，我多么希望你不为世间事所困扰，只勇敢地去你想去的地方，做自己喜欢的事。

2023 年的纽约，雪黎还在写诗，断断续续地写，如虚线一般行进。Grace 邀请雪黎参加了在华盛顿举办的线上婚礼，一年后又发来了宝宝满岁的照片。

冥浩从香港来看了雪黎一次。他们相约在纽约的重音寺，聊着不着边际又与每天生活息息相关的事，比如肉身如何被信息模式所渗透，人们的对话不断被收音机和电视机散发的随机信息打断，白噪音，星体坍塌。走的时候冥浩突然说："你知道当年我暗恋你吧。"雪黎愣住然后笑笑说："如果知道的话，怎么能是暗恋呢？"冥浩也笑了，说："好好照顾自己。"

2024 年的夏天 Ariel 从波兰坐三小时的火车来布拉格找正在查尔斯大学上暑校的雪黎。她们逛了捷克文学馆，吃了拉面。再坐三小时火车回去。吃拉面时他们聊到 Emmy。Ariel 难以置信地说：她现在在西班牙当医生了。雪黎眼珠都要掉出来了，那个疯疯癫癫神经质的 Emmy，难以想象她可以认真地给人看病，会不会怀疑患者偷她的听诊器。

2025，这一年秋天，雪黎去了趟英国。终于再次见到苏恩。没有那种热烈的眼神，那种令人浑身透亮，无处躲藏，充满希望的眼神。只是一种淡淡的友好，像一阵桉树林的和煦微风拂过加利利海，扰动水面的点点波纹。

苏恩："时间过得很快。时间过得很快。"他强调了两次。

雪黎："但你从没变过。"

苏恩："我老了。"

雪黎："不可能。"

苏恩："我们上次见面是什么时候？"雪黎："十年前？"

苏恩："是的，我记得那次我走的时候，我们一起去找伊甸园。你戴着白色头巾，我戴着帽子。"

雪黎："棕色的帽子，对吧？你喜欢棕色帽子。"苏恩："是的。这是我最难忘的一张照片。"

太阳暖洋洋，世界闹哄哄，风也不明白自己在做什么只是随处刮。明明踩在大地上，却又双脚离地。我们看到一些人一日日倒下去，或者衰老下去，热烈的烟火一点点坠落，到了最后似乎与这世界无关，但又不曾远去。

耶路撒冷的夏天

Summer in Jerusalem

© 2025 Xiaoyan Lin

ISBN: 979-8-88862-420-3

Published by PinkMoon Publishing

Printed in the United States of America

First Edition

责任编辑：沃滋基

封面设计：王艺煊